女盛りは意地悪盛り

内 館 牧 子

幻冬舎文庫

女盛りは意地悪盛り

目次

節分の太巻き

節分前のある晩、女友達のトミちゃんに電話で、

「聞いてよ。ちょっといいことがあったの」

と言うと、彼女は、

「ま！　節分に太巻き寿司食べると、もっといいことがあるわよ」

と言う。私は「節分に太巻き」なんて聞いたこともない。トミちゃんは雑誌『Ｈａｎａｋｏ』や『ａｎａｎ』の編集長だった人で、今は『ぴあ』に移って新雑誌の準備をしている。さすが、雑誌編集長という人は妙なオマジナイや占いに詳しいなァと感心しつつも、私はさほどの興味もなく、

「節分は豆でしょうよ。何だって太巻き寿司なの」

と笑うと、彼女はあきれたように言った。

「アナタ、ホントに知らないの？　節分に太巻き食べるといいことがあるって、今や有名よ。

それも丸ごと切らずに一本食べるの」

「ええッ？　丸ごと？　切らないで太巻きを口に突っ込むわけ？」

「もう、何て言い方。でもそうよ。ご利益が失われるから切っちゃダメなの」

「何で？」

「知らない。それでね、食べてる間は絶対に口をきいちゃいけないの」

「そりゃアナタ、口に太巻き突っ込んでれば、口なんかきけないわよ」

「そうじゃなくて、口きくとご利益が失われるのッ」

「何で？」

「知らない。それでね、食べる時は一定の方角を向いてなきゃいけないの」

「たかだか太巻き食べるのに面倒ねえ。どっちの方角を向くのよ」

「北だか南だかよ」

「北と南じゃ全然違うじゃない」

「とにかく、どっか一方向を向くのッ」

「それって不気味じゃない？　もし五人家族なら、五人全員が太巻きを丸ごと口に突っ込んで、全員が同じ方角を向いて、一言もしゃべらずに食べるわけ？」

トミちゃんはヒイヒイと笑いながらも、

「そ。そうするといいことがあるの」

と言ったが、そのシーンを思い浮かべると笑えるばかりで、いいことと結びつかないではないか。が、彼女は自信たっぷりに言ってのけた。

「私は去年の節分、ちゃんとやったわよ」

一人暮らしの彼女が、一人でそれをやってる姿もかなりおかしい。私は笑い出しながら言った。

「その割にはアナタ、去年いいことあったって聞かないわよね」

「食べ方を失敗したからよ。去年の節分の夜ね、焼き肉の会食があったのよ。で、帰宅が遅かったわけ。焼き肉の後、深夜に太巻き一本食べたら太るじゃない？　だから、切って三切れほど食べたのよ」

「そうか。切っちゃったからご利益ないのね」

「それにね、その太巻きは京都の一流料亭で頂いたものだったの。だから一口食べてつい『おいしい〜』って口きいちゃったのよ」

「えーっ？　一人言もいけないの？」

「そうよ。絶対に口きいちゃいけないの」

「食べてる途中に電話が鳴ったらどうするのよ」

「出ないのッ。だいたいアナタ、宗教学科の院生でしょ。こういう庶民の信仰に詳しいんじゃないの？　関西から広まったことらしいわよ。知らないの？　知らないの？」

「あ、関西は京大のエリアだから東北大は知らないの。太巻き研究は京大のテーマだから、東北大としては手を出せないのよねぇ」

いい加減なことを言って電話を切ったが、どうも気になる。仙台ではそんな話は聞いたこともない。

そこで翌日、大学に行くとちょうど鈴木岩弓《いわゆみ》教授と院生たちがお茶を飲みながら、昼休みのおしゃべりをしていた。私が太巻き寿司のことを話すと、教授も院生たちも全員が知っていると言うではないか！　その上、院生たちは口々に、

「今、コンビニに行けば太巻きの予約販売やってるよ、どこでも」

と言う。私が大相撲ばかり観ているうちに、世の中ってそうなっていたのね……。私はつい、

「北だか南だか向いて食べるのよね」

と知ったかぶりをすると鈴木先生が、

「いや、恵方《えほう》ね。その年の一番縁起のいい方角を向いて食べる。僕が二十年ほど前に島根大学にいた頃、島根ではすでにやってたよ」

とおっしゃって、院生たちはごく当たり前に、

「全国的になったのは最近ですよね」

なんて詳しい。その上、

「今年の恵方は東微北《ひがしびほく》」

とまで言うのだから、東北大の学生は優秀ねと感心していたら、それもコンビニにポスターが貼ってあるという。もう、何てことだ！

これは京大のテーマではなく、日本太巻き協会の陰謀だ。そんな協会があるか知らないけどさッ。

かくして私は、大学の帰りに仙台のコンビニに寄ってみた。何と入り口に「丸かぶり寿司ご予約承り中」などと幟《のぼり》までハタハタしている。やるじゃないか、太巻き協会。

予約販売のチラシをもらうと書いてあった。

「節分の夜、恵方と呼ばれる、その年の一番縁起の良い方角に向かって巻寿司を無言で丸かぶりすると、恵方にいる福の神がお願いごとを叶えてくれるといわれています」

私はつい太巻き協会の陰謀にのり、予約してしまった。それも割安だというので「三本入り」をだ。後でよく考えるに、一方向を向いて無言で三本の太巻きを食べる女……ってのは恐《こわ》い。

「なら、一本ちょうだい」

と、ご利益の横取りを狙ったトミちゃんも恐い。

男と女の容姿

月刊誌『ミセス』の一月号をめくっていて、思わず手が止まった。グラビアページに、もうもう息を飲むほど凛々《りり》しい男が和服姿で出ていたのである。

男は元大相撲力士の寺尾関で、現在は錣山《しころやま》を名のる親方である。

私は現役時代の寺尾にはあまり関心がなかった。ああいう筋肉質の力士はタイプではなく、今なら岩木山とか鳥羽の山のような堂々たる存在感を示すアンコ型が好きで、あるいはいっそ軽量の技巧派の安美錦《あみにしき》、追風海《はやてうみ》、垣添《かきぞえ》タイプが好みだ。私が寺尾に関心がないことはご本人もご存じだったらしい。二〇〇二年の暮れに「毎日スポーツ人賞」の表彰式で初めてお会いした際、いたずらっぽく、

「内館さんは僕みたいな力士、好きじゃなかったんですよね」

と笑った。すでに引退していたがマゲはまだついていた時期である。タイプではなかったが力士としての力は私だって十二分に認めていた。その証拠に、「毎日スポーツ人賞」の選

考委員として、私は並みいる委員たちを前に寺尾の功績をぶちあげ、ホントに体を張ったのだ。その前年の二〇〇一年には、プロボクサーの徳山昌守《まさもり》の偉大さをぶちあげ、全委員が賛同してくれた。この賞はまったく裏がなく、映画の篠田正浩監督はじめスポーツにはうるさい選考委員ばかりなので、大変なのだ。二人を受賞にこぎつけさせた気になった私は調子に乗り、昨年は高見盛《たかみさかり》をぶちあげた。が、この時ばかりは他の全委員たちから、

「もっと成績をあげなきゃダメ。却下！」

とケンもホロロにつっぱねられ、私はあえなく土俵を割った。盛、今年はがんばれよッ！

話がそれた。で、『ミセス』に出ていた錣山親方であるが、彼が女たちに圧倒的な人気を得ていることを、私は心底納得したのである。グラビアでは銀座の柳で染めたという紬《つむぎ》をお召しになって（急に敬語になってしまうほど美しいの）、赤銅色の彫りの深い顔にグレーの紬が何と似合うことか。特に横顔を撮ったものは、おそらく映画俳優だって真っ青だろう。紬の中にひそむ鋼鉄の肉体が想像できる上に、勝負師として鍛えられた鋭くも澄んだ目に、私は「ああ、男というものはこうでなくちゃ……」と思いながら次のページをめくって、衝撃を受けた。

次のページには、女優の黒木瞳さんが出ていたのである。その可愛らしいの何の！　艶《つや》やかな黒い瞳に笑みが浮かび、白い肌はうっすらとピンクがかっている。柔らかそうな唇から

白い歯がこぼれ、たおやかな体に淡い色のシャネルジャケットを羽織った美しさよ！

私は黒木さんとは何度かお仕事をご一緒し、大好きな女優さんなのだが、この写真を見て改めて思い知らされたのである。世の女たちが憧《あこが》れの対象として、常に黒木さんをトップランクに挙げていることに。それはそうだろう。こんなに柔らかで、愛らしくて、強そうで弱そうで、うっすらとピンク色した白い肌の女に憧れないわけがない。私は「ああ、女というものはこうでなくちゃ……」と思ったのである。

そして、鎹山親方のページと黒木さんのページを、何度も忙しく見比べ、やっぱり男と女は別物であり、このくらい別物であるから面白いのだと実感していた。むろん、私がここで述べているのは「外形」、「見ため」についてである。鎹山親方が若い力士の指導者として、また家庭人として力強く生きていることや、黒木さんが女優としてすばらしい仕事をし、家庭人としての暮らしをも楽しんでいることや、そういう生き方はとりあえずおいて、私は男と女の「見ため」を言っているのである。生き方や考え方が見ために出てくるということはあるが、そういう面倒くさいこともおいておく。とにかく、鎹山親方は「ああ、男」の外形であり、黒木さんは「ああ、女」の外形であり、これは何とすてきなことか。そういう男女がふえれば、お互いに生きる面白さと張りが出るというものだ。

私はかつてNHK大河ドラマ『毛利元就』で、松坂慶子さん演ずる美貌の女「お杉」のセリフに書いた。

「心なんぞは顔の悪い女が磨くものじゃ」

「心なんぞ、顔のついでに磨けばいいのじゃ」

プロデューサーは「差別だ」と書き直しを命じたが、私は絶対に応じなかった。結果、美貌のお杉は大人気を博したのだが、私は世の女たちが「見ため」を大切にし、「性格がよければそれでいい」と思ってはいない本音を、女性誌などの記事で確信していたのである。とはいえ、筋トレをやれば男がすべて鎔山親方になれるわけではないし、ダイエットと美白をやれば女がすべて黒木さんになれるわけではない。そこがつらいところだが、やっぱり男は男の姿を磨き、女は女の姿を大切にする必要があるのではないか。だが、そういう「らしさ」は男女差別だと思う人もいるだろうし、そういう「らしさ」に居ごこちの悪さを感じる人もいるだろう。たくさんの生き方があるので、それは個々の好きなようでいいのだが、お二人の写真を見たときに、私自身は本当に心の底から「この世には男と女と、まったく別の生きものがいるんだなァ。悪くないなァ」と思ったのである。

もちろん、いくら「見ため」がよくても、やっぱり心が悪くては世間は見向きもしなくなる。心を磨くのも大切だ。……と小綺麗にまとめる私は、かなり心が丸くなってきた。

仙台で遭難!?

大学院は、やっと春休みに入った。

読者はおそらく思うだろう。「やっと」と言うことは、やっぱり頭がついて行けなくて大変だったんだなと。実はついて行けないのは頭だけではなく、足もだったのである。そう、私は北国の雪道に、まったくついて行けず大変な騒ぎだった。

「仙台の雪なんて知れてるでしょうが」

と友達は口をそろえる。そりゃあ、北東北や上越に比べれば知れている。が、東京に比べたら、仙台の雪は激しい。そして美しい。

私は雪が降るたびに大喜びし、研究室の窓からうっとりと眺めていた。東北大学は仙台城趾《じょうし》の高台にあるので、窓から街が一望できる。杜《もり》の都が白一色に埋めつくされ、夕刻の藍色の空から降りしきる雪が研究室の灯に浮かぶさまは、もう美しいなんてものじゃない。

私は院生をつかまえては、

「やっぱり、男と女は雪に閉じこめられた中でこそ愛が燃えるのよねえ。演歌の舞台に雪国が多い理由を実感するわァ」

だの、

「仙台の雪って、ひとひらひとひらが大きいのね。白い花びらが降ってくるみたい……」

だのと感嘆していた。もっとも院生は誰も真面目に聞いちゃいなかったが。

これから先が騒動で、五限目の授業が終わると夕方六時になろうとする。外はしんしんと冷えこみ、雪道はテラテラのアイスバーン。バーンの上にも新雪が降り積もるのだが、慣れていない私が歩くと新雪ごとズリッと滑る。恐くて歩けたものじゃないのである。城趾の高台は美しくていいが、帰り道は下り坂ばかり。タクシーもあまり通らないため、私は学生の分際でタクシーを連日呼んでいた。

そんなある日、東北地方が豪雪に見舞われた。ニュースでも「大荒れの東北」と報じていたので、ご記憶の方も多いだろうが、あの日の雪はすごかった。

夕方六時、授業を終えた私に、同期の院生の喬クンが言った。

「今日はタクシーなんて呼んでもいつ来るかわからないよ。バスで帰った方がいいけど、バスも時間通りには来ないだろうなァ」

文学部棟からバス停まで徒歩三分くらいの距離だが、私では間違いなく二十分はかかるだ

ろう。喬クンはバスの時刻を調べてくれ、私は実に三十分のゆとりを持って研究室を出たのである。みんなの、

「ちゃんとたどりつけよォ。がんばれェ！」

という励ましを背に、バッグを二つナナメ掛けし、文学部棟の玄関を出た。

一歩出るなり絶望した。雪は一寸先も見えないほど降りしきり、地面はどこが道でどこが溝なんだかもわからぬ銀世界。一歩足を出すとズルッと滑り、もう一歩出すと溝に突っ込む。これではバス停にたどりつくどころか、文学部のキャンパスを抜けるだけで一時間はかかるだろう。

だが、歩くしかない。オーバーでも何でもなく、私は一センチずつ歩いた。傘なんぞさしてはおられず、髪にも肩にも雪を積もらせ、チビチビと文学部キャンパスを歩く哀しさよ。

すると突然、一台の車が止まった。そして、運転席から五十代のやんごとなき紳士が顔をのぞかせた。知的なナイスミドルである。これって絶対ナンパよねッ。私は仙台では二十代となぜか七十代にばかりもてるので、ついに五十代にナンパされた喜びにひたりつつも、安っぽい女に見られたくないので、無視して歩き去った。と言っても一センチずつなので、ほとんど同じところで固まっている。

するると紳士は車から外に出て来て言った。

「その歩き方じゃ遭難しますよ。乗りなさい」

　私は髪も顔も体も真っ白で、今や雪地蔵状態。それもバッグを二つもナナメ掛けした雪地蔵がどれほどダサイか、ご想像頂きたい。すると紳士は、

「僕は国文学の仁平《にへい》です」

　と笑顔を見せた。仁平教授ならお名前は存じあげている。私はやっとナンパではなかったと気づき、少々残念にも思ったが、雪地蔵状態で車内に転がりこんだのである。振り向くと、文学部棟の玄関から五メートルくらいしか進んでおらず、私はそれだけ進むのに二十分以上かかっていた。

　車内に入るや、すっかり元気になった雪地蔵は、仁平教授に源氏物語なんぞを質問するしまつ。こんなチャンスはなかなかあるものではないと思い、

「先生、源氏物語に『雲隠《くもがくれ》の巻』が六帖あったはずというのは本当ですか」

　と迫ったのであるからして、私は勤勉だ。もっとも東京の女友達どもは、

「助けてもらった上に、マンツーマンの講義を受けようなんて、転んでもタダでは起きない女ね」

　とあきれ、

「それも中年の雪地蔵じゃ教授も迷惑よねえ。学部のギャルなら嬉しいけど」

と、こいつら妙に真実を突くじゃないか。

ともかく、私はこうして助けられ、遭難せずにすんだのである。

そして今、暖かく晴れた東京に「帰省」して春休みを送りながら、天気予報で「仙台は雪」と知ると、東京にいるのがもったいない気がしてくる。仙台に戻りたいなァと思う。雪地蔵になるのはイヤだが、仙台には「日本の四季」がきっちりと、それも美しく残っていて、東京だけで暮らしていた頃よりすごく豊かな気持ちになるのだ。

そしてふと、法学部の教授にも質問があるんだけど……と思い、次の冬は法学部の前で遭難しようと思ったりしている。

愛の断り番付

〈週刊朝日〉の連載漫画『パパはなんだかわからない』は、毎回本当に面白い。この二月十三日号の回は面白すぎてうなった！　作者の山科けいすけさんはすごい！　いわゆる「愛の告白」の話なのだが、この奇想天外な展開はきっと世界初だろう。

その内容というのが、デブでソラ豆みたいな男が美女に告白する。と、美女は答えるのだ。

「ごめんなさい。気持ちはうれしいけど……あなたには異性を感じないの……」

そりゃ当然だ。ソラ豆はブオトコで首が肩に埋まっていて、椿の葉っぱみたいな唇をしている。その上、「肉づきのいいなで肩」なのである。肉づきのいいなで肩に男を感じるのは難しいよなァ……。

でもソラ豆はめげない。

「友達になろう！」

と方向転換して言う。美女は「友達」もイヤだという顔をしているのだが、ソラ豆はたたみかけるのである。

「よくある男と女の、つき合いの浅い友達関係じゃないよ」

何か恐いではないか。美女は早くも汗をかいている。そりゃ当然だ。椿の葉っぱのソラ豆と何をどうしろというのだ。この後がすごい。ソラ豆のセリフは、今までのラブストーリーにはなかった方向に行く。ソラ豆は大真面目に美女に言うのである。

「だってボクが異性じゃないって事は、同性どーしって事だからね。同性だからキミの部屋に入るのを断られる理由もない……。さらに同性だから、お風呂にいっしょに入っても問題ない……」

こう言ってソラ豆はバッと立ち上がり、

「よしっ、さっそくキミの部屋に行って、いっしょに風呂に入ろうっ」

と美女を促すのである。

この展開、すごいわァ。新鮮だわァ。ソラ豆は顔は悪いけど頭はよかったのね。お気の毒に……。

きっと、世の男の中には、

「その美女の頭が悪すぎるんだっての。『異性を感じない』なんてミもフタもない断り方しかできない程度の脳みそだから、ソラ豆に逆襲されンだろ」

と言う人がいるだろう。だが、そう言う人は男として修業が足りない。

女がミもフタもない返事をするのは脳みその都合ではなく、計算の上に成り立っているのである。つまり、友達としてであれ、知人としてであれ、とにかく個人的におつきあいしたくないのよと、その気持ちをハッキリと打ち出したい時にはミもフタもない言葉で断るのだ。計算である。

「告白される」ことは、基本的には嬉しいものである。そのため、断る時には彼を傷つけないように女は言葉を選ぶ。だから、

「あなたには異性を感じないの……」

というセリフが、いかに男を傷つけ、プライドをズタズタにし、人格さえも否定するほどの酷《むご》さを持つか、女は十二分にわかっている。それでもそう言って断るということは、「あなたは私にとって必要ない人なの」と暗に語っており、男はすでに抹殺されているのだ。

思うに、愛の告白を断る時、女の言い方には序列がある。「お断りの言葉番付」ともいうべきランクだ。

「そう言ってもらって嬉しいけど、私、やりたいことがあって、とても男の人とおつきあいする時間がないのよ」

これは「お断り」の言葉の中では「脈がある」という意味において横綱格である。やりた

いことだの時間がないだのは、断り方としてインパクトがなく、押せば女は土俵際まで行くだろう。この言葉に加えて、もしも女が、

「だから、友達として時々は誘ってね」

とつけ加えたなら、女の足は土俵の徳俵。うまくマワシを取って押せば、何とかなる。次なるランクは、

「そう言ってもらって嬉しいけど、私、つきあってる人がいるのよ。ごめんね」

である。「つきあってる人」なんてものは明日どうなるかわからない。構うこたないから押せッ！　もっとも口調が少々硬い場合は「異性を感じない」のセリフに近い本心が隠されている場合がある。口調の裏にあるものをしかと聞き取る必要がある。脈がないランクになると、

「私ってあなたにふさわしい女じゃないの」

「私ってあなたとは合わないタイプよ。価値観が合うとは思えないもの」

の類《たぐい》だ。これは実はランクがどうのこうの以前であり、こういうことを言う女にろくな者はいないから、やめる方が幸せである。男に告白させておいて、ふさわしくないだのと陶酔する女なんぞ、土俵下に叩き出せッ。また、価値観がどうたら、手垢《てあか》のついた言葉で理屈を並べたてる女なんぞにつかまった日には、男の人生真っ暗というもの。だいたい、「私って」

と言う女はろくな者じゃない。

このランクのさらに下が、

「あなたってお兄さんみたいなの」

である。「お兄さんみたい」というのは、要は「男を感じない」のだ。ミもフタもない言い方を避けているだけであり、男はそれに気づかなければならない。

「お兄さん」は頑張っても番付が「恋人」に上がるケースは少なく、それでも諦《あきら》めずに頑張り続けると、年齢と共に「お父さん」に番付が下がる。

これらの「お断りの言葉」は、すべて女にも当てはまる。「妹みたい」と言われたり、「俺は君にふさわしくない」と言われたりだ。

ところで奇想天外なことを言ったソラ豆はどうなったか。美女にひっぱたかれてヤケ酒を飲んだのである。

友情五十周年の旅

沖縄の西表島《いりおもてじま》に、長いこと憧れていた。天然記念物のイリオモテヤマネコが生息する南海の孤島。マングローブの密林、エメラルドに輝く海、常夏の空にあざやかなハイビスカスの花。ああ、何てすてきなの！

それに、西表島に行くには石垣島から船しかないのだから、そんなに観光化もされていないはずだ。夜は潮騒の中で星を見ながらオリオンビールを飲むの。いいわァ！　こんな島に女と行くのはバカである。私は私と旅行したがっている男たちの顔を次々に思い浮かべる。ああ、多すぎて誰と行っていいか悩むわ……とその時、電話が鳴った。幼なじみのチエコからだ。

「牧子サァ～ン、私とアナタって今年が出会ってから五十周年よ」

チエコとは小学校に入った時に隣同士の席になり、それ以来の仲である。あまり数えたくもないが、五十周年か……。

「牧子サン、西表島に行きたがってたじゃない。レンタカーで走ろう！」

うむ……。ここは男を取るか友情五十周年を取るかの大問題だが、やっぱり「五十周年」を取るのが人間のあるべき姿というものだろう。

かくして二月のある日、私はチエコと羽田空港で落ち合ったのである。新潟に住んでいる彼女は、キルティングのコートを着こみ、マフラーを巻いて出発時刻ギリギリに現れた。

「ごめん、遅れて。新潟が猛吹雪でね、家の前の雪かきに時間取られちゃって」

私はすでに西表気分であり、ハイビスカス柄のアロハに薄いジャンパーを羽織っているだけである。私はすっかり勝ち誇り、

「その雪かきモード、ロッカーに預けなさいよ。西表は常夏よ。恥ずかしいわ」

と言い放ったのだが、何しろ時間がない。アロハにサングラスの私と、モコモコと着こんだ雪かき女は並んで機上の人となったのである。

石垣島に到着するや、アロハ女は色を失った。寒いなんてものじゃない。横なぐりの風に大雨である。どんよりと垂れこめた鉛色の空、荒波さかまく日本海の風景だ。土地の人は、

「珍しいサ〜ね〜。こんな天気はサ〜」

とのどかに言ったが、ほとんど「津軽海峡冬景色」の中で、アロハにサングラスのバカ女は私しかいなかった。雪かき女は勝ち誇り、

「やっぱり、ロッカーに預けなくて大正解！」

なんぞとこれ見よがしにマフラーを口の上までグルグル。まったく五十周年の友情はどこ行ったんだッ。

そしてああ、西表はさらに風雨が強く寒かったのである。もはや服のコーディネートだの、色合わせだのと言っている場合ではなく、私は持参した服をやみくもに重ね着した。とは言え、ハイビスカス柄のアロハの上にパイナップル柄のアロハである。その上にアイスクリーム柄のTシャツを重ね、さらにヤシの木柄のアロハシャツだ。まったく、何だってこうも夏柄ばかりを持って来たのだと、自分が情けない。

それでも寒くて、私は大声で歌ってやった。

「は～るばる来たぜ、ハコダテ～ェ」

そのうち、雪かき女が、

「ちょっと横になりたい。気持ちが悪い……。船酔いしたわ……」

と言い出すしまつ。それは当然だ。悪天候の中、船は激しく揺れてたどりついており、青森は大間のマグロ船よりもっと激しかったのである。雪かき女はうらめし気に私を見てうめく。

「アナタ、酔わないの？」

「私、昔はヨット部員よ。あんな揺れ、揺れのうちに入んないわよ」

と再び勝ち誇ると、

「私、運転できないかもしれない……」

と雪かき女の逆襲である。困る。私は運転歴三十五年になるが、実はオートマチック車は苦手なのだ。私が運転するオートマチック車に乗った人は、みんな言う。

「死んだ方がラクだった」

友情五十周年はバトルの様相を呈しながらも、とにかく憧れの西表島を走ったのである。海と空は鉛色に一体化し、花は雨に打たれてみんな下を向いている。こんな時にドライブするバカもいないのだろう。海沿いの山道はガラガラ。冬の日本海を行くのと何ら変わりないのだが、道中には、

「山猫横断中！　スピード落として」

という看板が立っておりどうにか西表島だとわかる。するとチエコが急ブレーキを踏み、叫んだ。

「見てッ。イリオモテヤマネコがいるッ」

驚いて見ると、看板の下にノッソリと小太りの猫がいる。私があきれて、

「山猫って野生よ。あんなプヨプヨしてないわよ」

と言うと、彼女は、

「何言ってんのよ。看板の下にいるんだから、絶対にイリオモテヤマネコよ」

とムチャクチャなことを言う。そして、

「見てッ！　イリオモテヤマネコがオシッコしてる」

と言うではないか。山猫がこんなところで放尿するものか。が、チエコは、

「早く写真撮ってッ」

と命ずるのだ。オートマチックが運転できない私は、

「ハイ。ただ今ッ」

と素直に従った。チエコは嬉しそうに、

「帰ったらみんなに写真見せようね！　ああ、お天気は函館だったけど、よかったね。こんな近くでイリオモテヤマネコのオシッコまで見られて」

とニヤリとした。どこまで本気か知らないが、アロハを三枚も着こんだ私は、もしかしたらお互いにあまりオリコウじゃないから五十年も友情が続くのかもしれないなと思った。

うどの女たち

私がまだ二十代半ばの頃のことである。当時、私は大企業に勤めており、社内でもヨット部やテニス部に所属していたが、それとは別に社外のサークルにも入っていた。

その社外サークルの仲間たちと大勢で食事をしていたとき、「うど」の話が出た。野菜の「うど」である。男子メンバーのAさんが、

「俺の田舎の山うどのうまさ、懐かしいよなァ。東京のうどは味がしないよ」

と言い、何人かの男子メンバーが「そうだ、そうだ」と同調した。実は「うど」は東京が大産地なのだが、やはり故郷の味とは違うのだろう。女子メンバーは全員が東京か近県の出身だったが、男子メンバーは大学入学時に東京に出て来た人が圧倒的に多かった。そしてその席で、Aさんは、

「うまいうどの天ぷらとキンピラ食いたいなァ」

とため息をついたわけである。Aさんはサークル内でも圧倒的に女子から人気があった。

ハンサムで長身で、優しい上に仕事でもエリートの独身だった。この食事会は二十人かそこらいたが、「うど」の話は男子三人、女子五人くらいでしたはずだ。

それからしばらくたったある日、そのAさんと親友のBさんに、私は真顔で相談された。

「Aがあの日以来、うどのことで困ってるんだよ」

Bさんが言うには、

「Aのところに、女の子たちがうどを届けて来るんだよ。天ぷらとキンピラを次々にさ。うどの話してた女の中で、全然届けないのは内館だけだってよ」

ときたから、私は驚いた。

「Aだって毎日のように天ぷらとキンピラもらって困ってるよ。それも一人ひとりが二度も三度も届けてくるから、もう助けてくれって。断ってもいいものかな？　どう？」

と相談されたのだから、私はあきれて訊《き》いた。

「彼女たち、みんなAさんのこと好きなの？」

「当たり前だよ。内館は何の考えもなしにメシの時にAの隣に座ったろ。お前のこと、にらみつけてる女だっていたんだからな。Aの隣に座れなくなってサ。女子の大半はAが目的でサークルに出てるんだからな」

そう言って、Bさんはつけ加えた。

「女はハッキリしてるよな。俺とCだって独身で、一緒にうどの話してたのに、俺らにはキンピラのかけら一本届かないもんな」

私はBさんに言った。

「女の人たち、みんな手紙をつけたんじゃない？　みんなが『東京のうどだっておいしいから、食べてみてね』って書いてあったんじゃない？」

Bさんは一瞬驚いた顔をしたが、答えなかった。だがその様子から、Aさんが同じ文面の手紙にも辟易《へきえき》してBさんにぼやいていると確信した。こんな文面を予測することはたやすい。女の可愛さをアピールし、男の気を引く文章となれば、たいていがこんなところだ。私だってそう書くだろう。だが、次々にうどの天ぷらとキンピラと、この文章の手紙を渡された日には、Aさんならずとも閉口するのは当たり前だ。

だが、私はこの話を聞いた時、「負けた」と思ったのである。もとより私はAさんには何の関心も興味もなく、その意味では勝つも負けるもないのだが、女たちは幸せを得るためなら、どんなに小さなチャンスにも体当たりするのだと思い知らされた気がしたのである。私たちはベビーブーム時代の生まれであり、あまりの人数の多さに何をするにも戦いだった。何をするにも、自分で切り拓《ひら》いていくしかなかった。

そんな中で、女たちがそろいもそろって、懸命に天ぷらとキンピラを作ったことに、私は何だか胸をつかれていた。今時の女の子なら、もう少し手練手管を駆使するだろうに、あの頃の女たちは何と素朴で一途《いちず》だったことか。私自身はそういうタイプではなかっただけに、彼女らの必死な生き方に圧倒され、「負けた」と感じたように思う。

こんな古いことを思い出したのは、秋田の二ツ井町《ふたついまち》からみごとなうどが届いたからである。二ツ井町は「恋文コンテスト」でその名を全国区にしたが、先日、その審査会があり、町長が雑談の中で、

「世界遺産の白神《しらかみ》山地のふもとでできる山うどは絶品です。審査員の皆さんにお送りしますよ」

とおっしゃった。それっきり忘れていたところに、ＪＡあきた白神二ツ井支店経由で、ごつくて野生的なうどが届いたのだが、その中に「うど料理」のレシピが入っていた。どれもうど栽培農家の主婦たちのオリジナルレシピで、天ぷらとキンピラだけではない。うどのフライ、うど皮チップス、うど田楽など「へえ」と思うものばかり。

あの頃、Ａさんに迫った女たちの誰か一人でも、「へえ」と思ううど料理を届けていたなら、もしかしたら展開は変わっていたかもしれぬ。ただただバカ正直に、Ａさんの好きな天ぷらとキンピラを作った純情は、どこかいとおしい。

あれから三十年近くが過ぎ、サークルはとうに解散した。うどの女たちの消息はまったく

わからず、Aさんは仕事の失敗がもとで小さな営業所に飛ばされたと聞いた。Bさんは会社が倒産して、夜逃げ同然にどこかに消えたと聞く。

すでにみな五十代の半ばになり、どこかで生きているだろうが、あの頃の私たちは「春」の最中《さなか》であったのだと今にして思う。春を告げる白神山うどを見ながら、春の最中には春がわからないものだと、ふと苦みが走った。

初戀の人

第四十二代横綱鏡里が、この二月二十九日に八十歳で亡くなった。

横綱鏡里は、私が四歳のときの初戀《はつこい》の人だった。「初恋」なんぞと軽い漢字ではなく、それは断固「初戀」でなければならない。ついに一度もお会いできぬまま、旅立たれてしまったのだが、昨年、鏡里さんに近しい人から、突然電話を頂いた。

「鏡里が今年、八十歳になりますので、近親者だけでお祝い会をやるんです。内館さんは子供の頃から大ファンと聞いていますので、メッセージを頂けませんか。当日、その席で読みあげたいと思います」

もちろん、大喜びでお引き受けした。ほんの少しでも鏡里さんにご恩返しができるなら、こんなに嬉しいことはないと思ったのである。一度も会ったことのない人に「ご恩返し」とは不思議に思われようが、私は横綱鏡里に支えられていた時期がある。

四歳の頃、私は友達がなく、いつもいじめっ子にオドオドしながら生きていた。あまりにも過保護に育てられ、社会性がゼロな上、ベビーブームの団塊世代である。幼稚園は一クラス六十人もの園児であふれていた。自分の身の回りのことも何ひとつできない私は、幼稚園の先生からもいじめられた。今になると先生の苛立ちもわかる。一人で六十人もの子供を見る重労働であるのに、私は身体検査でも一人で服の脱ぎ着ができない。ボタンをひとつ外すのに何分もかかる。他の子がパッパッと裸になって次々に検査をすませ、部屋から出て行くのに、私はまだ上着も脱げずにいる。焦《あせ》るとますますボタンは外せず、ついにメソメソと泣く。先生が手を貸すことになる。

お手洗いにも一人では行けなかった。幼稚園のトイレには便器がなく、四角い穴があいているだけだった。昭和二十七年頃のことであり、バラックのような園舎ではそれが当然だったのだろうが、穴に落ちそうで恐くて行けない。園児はみんな私を無視しており、一緒に行く友達もいない。我慢して我慢して、もうダメだとなるとまたメソメソ泣く。先生はそのたびに、私の腕が抜けるほど乱暴に引きずり、トイレに連れて行く。

それなのに、私はお礼を言うどころか、朝夕の挨拶《あいさつ》もできないし、出席をとられてもうつむいて返事ができない子だった。内気で声を出すのが恥ずかしいのである。こんな子を先生が可愛いと思うわけがない。

こんな子であるだけに、いじめっ子にとっては格好の餌食《えじき》で、帰り道に待ち伏せしている。

便器もない時代にスクールバスなどあるはずもなく、私は片道四十分の道のりを歩いて帰る。待ち伏せの悪ガキにぶたれたり、石を投げられたりしながらメソメソと帰るのは地獄だった。

それでも子供心にも親に心配かけたくないと思うものだ。私は無理して通園を続けたが、ついに「手がかかりすぎる」という理由で退園通告されたのである。

家にいるようになった四歳児は、突然大相撲にのめりこんだ。私の家族や周囲に「相撲好き」は一人もいなかったのに、こうものめりこんだのは理由がある。いじめっ子から助け出してくれる男の子がいて、その子が巨漢だったのだ。私は「体の大きな男は優しい」と信じていたのだと思う。

本場所がある時はラジオの前に座り、じっと一人で聴いては星取り表をつけた。場所のない時は自分で紙力士を作り、「牧子場所」を戦わせる。外出するときは小さな手提《てさ》げに紙力士を入れ、大人の会合などがどんなに長引いても、一言もしゃべることなく何時間でも紙力士で遊んでいた。

そんな中で、私が誰よりも好きなのが鏡里であった。テレビのない時代であり、たぶん新聞やメンコで姿を見たのだろう。優しげな表情と大きな太鼓腹の堂々たる体に、私は安らぎを覚えたのだと思う。その初戀の激しさは半端ではなく、「牧子場所」はすべて鏡里の優勝である。紙力士の吉葉山や千代の山は最初から足を細く作る。ハズミで彼らが勝ったりすると、必ず物言いをつけて取り直させ、鏡里を勝たせる。

鏡里は昭和二十八年初場所後に横綱になっており、私が最も暗く陰気だった日々の最中のことだ。私は新聞やメンコで見る土俵入り姿に幼心をときめかせ、友達がいなくても鏡里がいるからへっちゃらだった。

その上、私は学齢前に「十二勝三敗」とか「六勝九敗」とか、十五までの数字は暗算でこなせるようになっていた。さらには四股名《しこな》ばかりか、鏡里の本名「奥山喜世治《きよじ》」や吉葉山の本名「池田潤之輔《じゅんのすけ》」、東富士の本名「井上謹一《きんいち》」なども漢字で書ける。かなり不気味な幼女だったと思う。

が、そのおかげで小学校に入るや、私は神童と騒がれた。本当である。私はすっかり自信をつけ、明るい子供にケロッと変身した。

八十歳のお祝い会のメッセージに、私はそんなことを書き、「九十歳のお祝い会には必ず私もおよび下さいませ」と結んだ。後日、鏡里さんがとても喜ばれたと知らされ、やっと思いが通じた気がしたものである。

そして今、私は改めて不思議な思いにとらわれている。いわば見ず知らずの人が、自分の人生にこうも大きく影響を与えることがあるのだ——と。鏡里に戀をしなければ、あそこまで大相撲にのめりこまず、自信へとつながらなかっただろう。暗いままで五十代になっていたかもしれない。今の元気な私を作ってくれたのは鏡里であり、大相撲なのだ。
いい初戀でしたと、天国の横綱に伝えたい。

よき音楽

ある日の深夜、私は雑誌を読んでいて「目からウロコ」の文章に出会った。

それは『ボクシング・ワールド』という月刊誌で、私が毎月、特に楽しみにしているのが藤島大《だい》さんの連載エッセイである。

ご存じの方も多いと思うが、藤島さんはラグビー界で名を馳せた人で、早稲田のラグビー部時代は益子《ましこ》俊志《としゆき》選手や本城和彦選手と共に、それはすばらしいラガーマンであった。現在はスポーツライターとして、いい仕事をされている。

私は何年か前、明大ラグビー部OBの男友達に、藤島さんを紹介された。そして一度だけ食事をしたことがあるのだが、スポーツライターとしての彼の文章は、本当に彼のラグビー以上にすばらしい。『ボクシング・ワールド』の連載などは、毎回みごとな切り口、シャープな視点で、やはり自分自身がひとつのスポーツをきわめた人は違うなァと、いつも思わされる。

そしてこの四月号、彼のエッセイに、私は本当に目からウロコが落ちたのである。今、私のこの文章を読んでいる読者は「ボクシングなんて興味ない」と言う人も多いと思うが、最後まで読んでね。ボクシングの話じゃないからね。

藤島さんはボクシングというスポーツの深さについて、次のように書いている。

「先日、酒場でジャズを聴いたら、なんとなく分かった。春を謳歌する例の総合格闘技は、よき音楽の前では語れない。我がボクシングはマイルスともコルトレーンとも溶け合うのだ」

これはすごい視点だと思った。藤島さんも私もボクシングを愛していることを差し引くとしても、「総合格闘技」について、こうも説得力のある文章を、私は他に知らない。

そして、この文章は、スポーツのみならず、すべてに当てはまる「基準」ではないかと気づかされたのである。ああ、これを「目からウロコ」と言わずして何と言おう。

つくづく恐いことだと思うが、人間にしても、よき音楽の前で語れる人と語れない人がいるのではないか。それは名声とか経済力とか職種とかは何の関係もない。男女別も年齢も容姿も無関係だ。それなら何が関係しているのかと考えると、そう簡単に答えは出ない。

ただ、ボクシングにヒントがあるようにも思う。と言うのも、ボクシングに関心のない人にとって、それは単に野蛮な殴り合いにしか見えないだろうが、ボクシングは古くから「ノーブル・アート」と呼ばれている。つまり「高貴な芸術」とか「気品のある至芸」とでも訳せようか。ガチャガチャの殴り合いに見えても、そこには厳しいルールと様式美がある。さらには美意識があり、人間としての姿勢とすぐれた技術が要求される。おそらく、そのあたりが「ノーブル・アート」と言われた所以《ゆえん》だろう。

その「ノーブル・アート」であればこそ、「よき音楽」に溶けこめると考えるなら、人間の場合も「品性」ということになるのではないだろうか。

有名無名の色んな人を思い浮かべてみると気づく。確かに「よき音楽」の前でその人のことを話したとして、しっくりとなじむ人間は、誰しもどこかノーブルな気がするのである。人としての格というか、生きる姿勢の清々《すがすが》しさというか、そんな気配を感じさせる人たちだ。

その話を女友達にしたところ、彼女は言った。

「あなた、目からウロコなんて喜んでるけど、それって恐い話よォ」

「うん。自分のこと考えると、どう自惚《うぬぼ》れたところで『よき音楽』の前で語れる人間とは思えないものね」

「そうよ。そう気づいただけでも恐いわよ。私にまで気づかせてくれちゃって、どうしてくれんのよ」

「だから、訓練するのよ。『よき音楽』に溶けこめるノーブルな人間になれるようにって」

「どうやって」

「聞かないでよ。私だってわかんないわよ」

するとと彼女は言った。

「思うに、間違いなく『よき音楽』に溶けこめるのは、赤ん坊と老人だね」

そう言われるとそうだ。ぷくぷくした赤ちゃんは雅楽にもショパンにも負けない。しっかりと生きてきた老人は、ビートルズでも、ガーシュウィンでも、ピアノコンチェルトでも、その前で語れる。不思議に似合う。

やがて、彼女は笑いながら言った。

「世界中の権力者の顔を思い浮かべるとサ、『よき音楽』が似合いそうな人、少ないよねえ。ほとんどいないんじゃないか？」

二人で世界中の権力者の名前を挙げ、アレもダメ、コレもダメと数えては笑う私たちは何てヒマなんだろう。「よき音楽」が似合う人間になるための訓練についての話はどこ行ったんだ。

そして、彼女はおごそかに結論を下した。

「赤ん坊の純真無垢、老人の枯淡《こたん》。この二つがどこかにないと、ノーブルにはなれないってことよ。我々の年代はナマナマしいからいけないね」

その舌の根も乾かぬうちに、彼女は言った。

「そうそう、今日電話したのはね、あなたの持ってるエルメスのバッグ、貸してくれない？ちょっと会合があるんだけど、みんな毎回、これ見よがしにブランドのバッグ持ってくるのよ。でも、エルメスのバーキン持ってる人は見たことないから、鼻をあかしてやろうと思って」

「OK、OK。その気持ちわかるわァ」

私たちは当分、「よき音楽」の似合う人間にはなれそうもない。

五十五歳の新天地

ある晩、西麻布のイタリア料理店『アルポルト』に食事に行った際、オーナーシェフの片岡護《まもる》さんが、

「岩崎の激励会をやろう」

と言う。

片岡シェフはイタリア料理の鉄人として有名で、テレビの料理番組や新聞、雑誌でその顔を知っている方々も多いと思う。『アルポルト』はスポーツ選手や芸能関係者にもファンが多い。

実は片岡シェフと私は、都立田園調布高校の同級生なのである。そして、「岩崎」という彼も同級生で、昨年までホテルニューオータニ博多の総料理長だった。私は大相撲の九州場所に行くと、よく岩崎君に連絡し、夕食をごちそうになっていた。彼は私に、

「ニューオータニクラブのメンバーになれよ」

と書類を渡したり、実に愛社心にあふれていたのだが、その岩崎君が、突然ニューオータニを退職し、単身ロサンゼルスに渡ることになった。ロサンゼルスのゴルフ場に、結婚式もできる大きなレストランが建設されるそうで、そこの総料理長として立ち上げから関わるのだという。

「ニューオータニは本当にいいところだったし、定年まで頑張って、その後はボランティアをやりたいと考えていたんだけど」

と言う岩崎君に、突然ロサンゼルスの話が舞いこんだわけだ。そして彼は、

「面白そうだな。ドキドキする話だな」

と、それだけで決めた。妻が、

「思った通りにやりなさいよ。自分の人生だもの」

と言ってくれたことに加え、彼は、

「年取ったお袋が、『面白いじゃない。行け行け』って言ったのには驚いた」

と苦笑した。

五十五歳といえば、定年を視野に入れつつ「守り」の姿勢を取り始める人も多いだろうに、家族と離れて異国で一から始めるというのはたいしたものではないか。動じない妻もさることながら、七十代の母上の「行け行け」もたいしたものである。

そして、ある夜、片岡君がセッティングしてくれた店に集まったのだが、岩崎君が言った。

「俺、自分がもう若くないって意識、ないんだよな」

片岡君はワインリストを見ながら、ケロッと、

「俺もないな」

と言った。実は私にもない。それどころか、「五十五歳はすごく若いとは思わないが、かなり若いと思っている」ところさえある。

そのとき、私は二〇〇二年に幻冬舎から出した『夢を叶える夢を見た』という本を書く際に実施したアンケートを思い出していた。これは、リスクを承知で夢に賭けるか否かというノンフィクションなのだが、そのときにとったアンケートに、次の項目がある。

「夢見た仕事に、今からチャレンジする気はありますか？」

これに対して「ある」という答えは年代と共に激減している。
・20代……54％
・30代……38％
・40代……20％
・50代……13％
つまり、五十代の87％が「もう新しいことにチャレンジする気はない」と答えているわけ

である。そして、
「なぜチャレンジする気がないのですか?」
という質問には、次のような書きこみがあった。
「無駄な動きはしない」(53歳・男)
「勉強する元気がないので」(52歳・女)
「終わりました」(53歳・女)
「年齢的に、とうの昔に手遅れですので無理ですね」(56歳・男)
その一方で、「チャレンジする気がある」とした13%の五十代は、次のように書きこんでいた。
「生きている限り、チャンスはある。夢は死期を迎えるまで持ち続けたい」(51歳・女)
「幾つになっても、やる気と情熱の有無でしょう。自分は当然、やります」(53歳・男)
「もう年齢的にあとがない。そこで終わる人は終わる。僕はまだ可能性が十分にあると思っています から今も着々と勉強中」(56歳・男)
十代でありながら、チャレンジする気がない人たちも、ある人たちも、双方の言い分が正論だ。だが、同じ五十代でありながら、考え方がこうも違うものかと、その現実は非常に興味深い。
さらに興味深いことに、リスクを承知で夢に賭ける場合、人生は、

「何歳までやり直しがきくと思いますか？」

というアンケートに対し、五十代の回答の第一位は、「何歳でもやり直しがきく」なのである。口をそろえて「何歳でも」と答えておきながら、87％が「もうチャレンジする気はない」としているわけだ。むろん、そこには「現在が充実しているので、今さら夢にチャレンジする気はない」という人たちも入っているには違いない。

とても不思議なことなのだが、私自身が本当に若かった十代や二十代の時には「私はもう若くない」と思っていた。「今さら何ができるっていうの」と焦っていた。若くはない今になって、「今から何だってできる年齢だわ」とごく自然に思えるのは、どうしてだろう。五十四歳で大学院を受験することにも、一大決心はまったくいらなかった。

おそらく、本当に若い時に「もう若くない」と思うことこそが初々しさであり、生きることへの畏怖《いふ》を感じている証しだと思う。それは悪くないことだ。

だが、お互いの十七歳を覚えている五十五歳が、怖れ知らずに生きているのを見ることも、悪くないものである。

涙を誘う合コン

先日の夜、とあるレストランに出かけたところ、私たちのテーブルの隣に、若い女性が五人座っていた。それも十人分の椅子があるところに、一人おきに座っている。おかしなことだと思っていると、私の連れが小声で言った。

「隣、合コンですね」

私の連れも若い女性で、さすがのカンだ。彼女が言う通り、やがて次々に男性陣が入ってきた。そして、挨拶をかわすとひとつおきの椅子に座っていく。

私は合コンのナマを初めて見たので、「いったい、どういうものか」とチラチラと目線を送っていたのだが、十分もせぬうちにハッキリとわかった。

ハッキリと言ってしまうと、「ブスにとって合コンは不毛なもの」ということだ。この「ブス」は男女ともである。醜男《ブオトコ》・醜女《シコメ》はいくら話題が豊富であっても、いくらハートがチャーミングであっても、合コンなる場では、お互いにそこまで許容するキャパシティがない。

致し方ないことだが、見ためオンリーだ。

　私の若い連れは、小声で私に囁いた。

「一番右端の彼女、何か哀れですね」

　私もそう思っていた。その彼女はガタイがよくて、堂々たる肩幅を誇り、隣席の男が隠れてしまうほどである。顔も大きくて、かつ見栄えのする顔ではない。だが、何とか男たちの気を引こうと、必死なのだ。嬌声《きょうせい》をあげ、クネクネし、自分が興味を持っていることなどを声高に語り、何とか目立とうと頑張っている。

　だが、男たちはまったく彼女に関心を示さない。一応は大人として、「ハァ」とか「へェ」とかの返事はするが、端から見ていても哀れなことこの上ない。

　彼女をのぞく女性四人のうち、三人は可もなく不可もなくというか、いてもいなくても邪魔にならないタイプで、それ以上でも以下でもない。

　だが、残りの一人はこれが可愛かったのである。どちらかというとお雛《ひな》様顔の和風美女で、色が白くて愛らしい顔だちだ。決して嬌声をあげることもなく、クネクネすることもない。だがよく笑い、表情が豊かで、男たちにしてみれば、カノジョにしたいタイプとしては花まるランクだろう。

　それは十分にわかるが、それにしてもである。男たちは露骨なまでに、花まる女しか見ていない。他の女は「いない人間」なのだ。

で、男のレベルはどうかというと、たぶん五人とも会社員だと思うが、四人は相撲でいえば「関脇」クラスのビジュアルだ。好みはあるにせよ、かなりのものと言っていいだろう。磨けば綱を張れそうな人も一人いた。ガタイのいい女は、よりによってこの「磨けば綱」の男に向かい、集中的にクネついていたのが、涙を誘う。

ところが、男性四人の関脇にまじり、一人だけ「序二段」がいたのだ。ポッチャリと小太りで、坊ちゃん刈り風のヘアで、黒ぶちのメガネをかけている。今時、黒ぶちメガネが許されるのは高見盛だけだということに、このポッチャリは気づいていないらしい。

当然、女たちは序二段はまったく相手にしない。彼は「いない人間」なのだ。ところがこの彼、ガタイのいい女のように頑張らない。隅の席で静かに飲み、笑みをたたえてみんなの話を聞いている。彼だけは花まる女にも熱っぽい目を送らず、自分の番付を十分に知っているという感じで、これも涙を誘う。

私は心の中で「ガタイとポッチャリは、こんなところにいてもみじめなだけだから、早く帰ればいいのに」と思っていた。

すると、突然帰ったのである。ガタイでもポッチャリでもなく、何と花まる女がだ！　小首なんぞかしげて会釈し、笑顔で立ち去った。

花まる女が帰った後の宴《うたげ》は、とても見るに堪えなかった。男四人はシラジラと無口になり、ガタイはいよいよクネつき、可もなく不可もない三人は「いよいよ私らの出番よ」とばかりに嬌声をあげ始め、かなりガタイ化してきた。ポッチャリだけは、不変の菩薩《ぼさつ》の笑みを浮かべ、静かに飲んで食べている。

私は若い連れに囁いた。

「さっきの可愛い彼女、気を引くためにわざと帰ったんじゃない？」

すると連れは首を振った。

「いえ、今日の男はダメだと思って、これ以上いても時間の無駄だと見切ったんじゃないですか」

なるほど、さすがの洞察力だったが、花まる女だって横綱クラスではない。関脇よりはいにせよ、大関でもカド番というところである。だが、いつも合コンでチヤホヤされて、自信があるに違いない。

やがて、ガタイ女は諦めたのか無口になり、ふと見ると手酌で飲んでおり、その姿はさらに涙を誘う。可もなく不可もない女たちも静かになり、何よりも男四人の脱力感が空気に漂っていた。変わらないのは、「ポッチャリ菩薩」のみである。

今、合コンには脂ぎった「オヤジ」も参加するというが、そういう輩《やから》はどうでもよろしい。

ただ、二十代までの男女が「ビジュアル」にこだわるのは健康的なことだ。そんな若いうちから「心が第一」なんぞと言う方が心配である。が、生きていることが面白いのは、ビジュアルがよければ幸せになれるものでもないからだ。十年後、二十年後、花まる女よりガタイ女が幸せになっていたり、「磨けば綱」より「ポッチャリ菩薩」が幸せになっていたりということはありうるのだ。

二十代からそれに気づくのも不健康なことだが。

動物園に行こう！

つくづく世も末だと思った。まったく、日本の若い母親は何を考えているのだ。

動物園に子供を連れて行った母親たちから苦情が寄せられるというのだが、その苦情が聞いてあきれる。

「動物がくさくて困る」

これである。

先日、月刊『潮』六月号の対談で、上野動物園の菅谷博園長とお会いした際に出た話である。菅谷園長はとても穏やかに、

「若いお母様方は、においを非常に拒否なさいますね」

とおっしゃったが、私はムカッ腹が立ち、園長に詰め寄った。

「そういう時、怒らないんですかッ。『何を考えてるんだッ。においのしない動物があるかッ』って怒鳴らないんですか」

園長は苦笑して、

「内館さんならおっしゃっても、私はとてもとても」

と手を振ったが、まったく、怒鳴った後で、上手投げで叩きつけてやりたいわッ。むろん、すべての若いお母さんがこうだというのでは決してない。そういう不届き者の母親も目立つということである。

私は動物園が大好きで、地方でも海外でも時間ができると、必ず動物園に行くのだが、動物園はどこだって濃淡の差はあれ動物のにおいがするし、そんなことは当たり前だろう。それはそれは広大な北京動物園だって、巨木の柳並木を動物のにおいが渡っていた。

それにしても、昨今の日本人の「におい拒否反応」は行きすぎだ。清潔であることは大切だし、イヤなにおいはイヤだが、動物が主人の動物園で、においが困ると苦情を言うのはどう考えてもおかしい。菅谷園長は、

「家に帰って玄関に入ると芳香剤のいい香りがしたり、トイレも消臭装置がついていたり、現代社会は本来のにおいというものを消す方向に行ってますからね」

とおっしゃっていたが、本当にその通りだと思う。

私はだいぶ前から、日本人の過剰な消臭志向は気持ちの悪いことだと思っており、朝日新聞の興味深い切り抜きを今も取ってある。これは二〇〇〇年九月三十日夕刊の『街の風』と

いうインタビュー記事だ。高砂香料株式会社の調香師、鈴木隆さんは、日本人の「すさまじい無臭志向」について、次のように語っている。

「確かに、日本には透明な水や、白などピュアなものに、高い精神性を感じる風土があり、それが後押ししてるのかとも思います。ただ、公衆衛生思想にしても、西欧はそれなりの経験を積み重ねて作り上げたのに対し、日本はその完成形を理想として上からの指導で広めた。観念的な悪臭探しというか、人々の中に、ここまでは許容するにおいという共通の合意がないまま、どんどん過激化している気はします。普通の生活の中で、においがあることは、当然なのに、そこから身を遠ざけて、逆に人工のにおいがついた芳香剤や、飲み物、食物に囲まれているのは、ちょっと倒錯かな、と思う」

　菅谷園長の「本来のにおいを消すという方向」と重なる言葉だ。

　今、各地のアチコチに未来都市のようなエリアができ、超現代的なビルが立っている。そこにはブティックやレストランが入っていたり、その使いこなし方が雑誌で紹介されたりするが、私は仕事でもからまない限り、一切近寄らない。においが感じられなくて、殺伐とした気分になるからだ。大げさに言えば、映画の『マトリックス』みたいな空気の中で、ゴハンを食べたり、洋服を買ったりしたいと思わない。

　鈴木さんはインタビューの中で、

「人間は有機物である限り、においからのがれられない」

と語っているが、さらに動物たちは無臭志向ではなく、あるがままなのだから、においは当たり前だ。「くさい」と苦情を言うより、動物によってにおいが違うことを親子で話し合う方がずっと広がる。母親が「くさい」と言えば、子供もそう思うだろう。豊かな子供の考え方がそこでストップしてしまうのはあまりにも悲しいし、もったいない。

菅谷園長は、ゾウ好きの私をゾウ舎の中に入れて下さった。さ、さ、さすがにブルった。大きいなんてものじゃない。いくらゾウが好きでも、こんな近くに寄ったことはないのだから、腰が引ける。ところが『潮』の有田編集長は、自分はずーっと遠くから叫ぶのだ。

「内館さーん、もっとゾウの近くに寄って。バナナをあげてるところを写真に撮りましょーッ」

素直な私はバナナの房を抱き、一本を恐る恐る差し出した。ゾウは長い鼻でグルンとバナナを巻き取り、パクンと食べる。そればかりかもっと欲しがって、巨体をノッシノッシと私に寄せてくる。そして、バナナに向かって鼻を力一杯に振ると、すごい鼻息が私を直撃する。長い鼻の先に、穴が二つ並んでいるのを初めて間近で見て、白い長いマツゲを初めて見た。そして、乾いた草のようなにおいをその体から嗅《か》いだとき、少し恐くなくなった。飼育係がついていて下さる安心感もあったが、その独得の体臭を嗅いだ時、

「この子は遠い国からやって来たんだなァ。お母さんと別れて一人で……」

と何だかいとおしくなったのである。

このさわやかな季節に、子供や孫と一緒に動物園にお出かけになってはいかがだろう。上野動物園には猿のアイアイもいるし懐妊濃厚といわれるパンダもいる。各地の動物園で、ぜひ「におい」の話を子供たちとしてほしいと、ゾウのにおいを思い出している。

子供の浮世風呂

昨年、東京都公衆浴場業生活衛生同業組合から「銭湯芸術大賞」の審査委員の依頼を頂いた。小中学生から銭湯にちなんだ絵と作文を募集するのだという。

私は修士論文の準備でアップアップしている最中だが、お受けしてしまった。二十一世紀に生きる子供たちが、銭湯をどう感じているのか知りたいと思ったのである。何しろ、昭和四十年代の前半には、都内に約二千七百軒あった銭湯が、現在は激減して千百軒だという。そしてなお、減少傾向に歯止めがかかっていないと聞く。

どこの家にもお風呂がある現在、これは当然の数字かもしれない。加えて、大人も子供も他人の前で裸になることを極端に嫌う世の中になっている。修学旅行での入浴は、男子も女子も水着着用のところがあるそうだし、子供が相撲を敬遠するのは、お尻を出してマワシ姿になるのがイヤという理由も大きいという。大人も同様で、雑誌の「温泉特集」に、大浴場をやめて内風呂に切り換える宿が増えていると出ていた。個室温泉にすると客が増えるという。

だが、そういう時代ではあっても、都内にはまだ銭湯が千百軒あるのだ。「激減」と言われても、これは大変な数字だと思う。つまり、「町のお風呂屋さん」には強烈な魅力があるからこそ、千百軒も生き残っているということもあるのだろう。子供たちが大人になった時、自宅のお風呂と上手に使い分けることにでもなれば、増加だってありうるに違いない。

そう思っていただけに、絵と作文はぜひ目を通してみたかった。

そして先頃、イラストレーターのアオシマチュウジさんや絵本作家の秋山とも子さんたちとご一緒に審査をしたのだが、これが本当に面白かった。

何よりも意外だったのが、小学生も中学生も銭湯で見知らぬ人たちとの会話を、喜んでいることである。作文を読み、これは本当に意外だった。「今時の子供」は他人との接触を嫌うものだと思いこんでいたのだが、決してそうとは言い切れない。

作文の部で大賞になった佐藤嘉《よしみ》ちゃんは、小学校二年生の女の子。おばあちゃんと一緒に銭湯に行ったときのことを書いており、知らないおばさんに、

「一人で来たの？　何年生？」

などと話しかけられる。嘉ちゃんは最初は恥ずかしかったが、ちゃんと答えると、おばさ

んは、

「大きいわね。しっかりしているわね」

とほめてくれる。嘉ちゃんは嬉しくなり、次のように書いていた。

「おふろやさんは、体があたたかくなったり、心もあたたかくなったりするところなんだなあと思いました」

そして、お風呂屋さんで誰とでもすぐ友達になるおばあちゃんを、「すごい」と思ったと書く。こういうことこそ、教育だろう。

また、小学生の岡部憲和君は、千代田区の麴町消防少年団のキャンプで雨に降られてずぶ濡れになり、団長の指示で銭湯にかけ込んだ時のことを作文にした。

知らないお爺さんたちに話しかけられ、特に熱い湯に入るよう勧められる。ものすごく熱いのだが、岡部君は我慢して強がって、

「うぅ、熱いけど、ちょうどいい温度だ」

と言うと、お爺さんたちは笑い出し、岡部君は、

「そして、しばらく、周りの大人たちと色々な話をしました」

と書いている。一人前の男として扱われた誇らしさがにじんでいた。そして、このとき以来、岡部君は家族と一緒に銭湯に行くようになったと結んでいる。

小学校三年生の長沼廣樹君は、二年生になってからは男湯に一人で入ると誇る、そして銭湯で知りあったおじさんたちが体を洗ってくれるため、

「ぼくのせっけんはなかなかへりません」

というのが面白い。妹の芙実ちゃんは、女湯で知りあったおばさんたちと、

「学校の話をしたり、おふろにあったまりながら、いっしょにしりとりをしたりします」

と書く。さらに芙実ちゃんはおばさんたちの背中を流してあげるだけではなく、

「サービスでわたしとくせい（注・特製）のマッサージもしてあげます」

と書いていた。こんな「浮世風呂」の喜びを、子供たちはこぞって綴《つづ》っている。

また、六年生の中村一智君の作文が絶品。中村君はテストの点が悪くてお母さんに怒られ、すっかり落ちこんでいた。すると帰宅したお父さんが事情を知り、言う。

「気分転換に銭湯にでも行くか」

中村君は次のように書く。

「体を流しているときに、お父さんの子供のときの話や、いろいろな楽しい話を僕にしてくれました。僕は、すごくうれしくてお父さんの背中を流してあげました。お父さんもうれしそうな顔をして、僕に、『一智、たまには銭湯もいいだろう？　また二人で行こうな』って言いました。僕もうれしくて、『うん』と言いました」

何とすてきな父と子だろう。これは自宅のお風呂では絶対にできない。

私はこれらの作文を読みながら、銭湯のみならず、あらゆることにおいて、子供は昔も今も基本的には変わっていないのかもしれないと思わされていた。子供らしくない子供に育つのは、大人が大人の価値観で行動を規制するからではないか。

イラストも、大きな湯船に大勢でつかっている絵が多く、どの顔も笑っているのが非常に印象的だった。

庭仕事の秘術

ある休日の昼前に、男友達から電話がきた。

「お昼食べようよ。近くにいるから迎えに行くよ」

そう言って、とてもおいしいレストランの名前をあげた。行きたいのはヤマヤマだったが、私はすぐに断った。

「今日はダメ。今、ベランダで庭仕事をしていて、泥だらけなのよ」

ベランダ如きで「庭仕事」と言うのもナンだが、私は「ガーデニング」なる言葉が大っ嫌いなので、植木鉢に種をまくだけでも、頑固に「庭仕事」と言う。

特にその日は、ベランダの手すりにからむツルバラの世話で、朝から孤軍奮闘していた。私の自宅はマンションの角部屋なので、ベランダが端から端までL字型についている。そこにツルバラをからめ、いずれはバラでおおいつくそうと目論《もくろ》み、五年がたつ。昨年は本当によく花をつけただけに、世話にも気合が入るのだが、私はおいしいお昼の誘惑に負けて庭仕事を中断。

そして、男友達と食べながら、何気なく言った。

「花とか木ってね、話しかけながら世話すると、育ち方が全然違うのよ」

彼はあきれて、

「今も話しかけてたの？」

とアブナイ人間を見るように言う。

「もちろんよ。『オオ、いい葉をつけたわねえ』とか『すごいわァ、去年よりツボミが立派よ』とか『私は仙台に行ってて水やりもいい加減なのに、よく頑張ってるね』とか言うの」

と、アブナ気に笑ってやった。

植物に話しかけると成長が違うというのは本当に本当の話なのだ。なにしろ私は、樹木医さんとリンゴ農家のご主人たちと、三人から直接聞いたのである。

それは数年前、雑誌の取材で、ソムリエの田崎真也さんと写真家の管洋志《すがひろし》さんと弘前に出かけたときのことである。弘前市役所の樹木医、小林範士《のりお》さんが言った。

「植物は人間の言葉を聞いているんですよ」

そして、小林さんの実体験を話してくれたのだが、あるとき、ある家の桜が死にそうになった。小林さんが十年かけて手当てし、また満開の花をつけるようになったとき、持ち主が木の前で言った。

「もうそろそろ、樹木医はいらないな」

するとその後、木が枯れ始めたという。まだ樹木医が必要なのに、木は見放されてショックを受けたとしか考えられない。

また、弘前のリンゴ農家の対馬貞雄さんは、一本の木から一・五トンものリンゴを収穫する。二十キロ箱で七十五箱である。一本の木からである。対馬さんはハッキリと語っていた。

「私は八十歳の今も、梯子《はしご》をかけて木に登って、リンゴと話す。だから、木は結果を出してくれるんです」

これで驚いてはいけない。津軽の木村秋則さんは、自分のリンゴ農園で実験をしたのだ。語りかける木と、語りかけない木の育ち方に違いが出るかどうかの実験である。そして六年間、一方の木々には毎日、

「頑張ってくれよ。ありがとうな」

などと励まし、ほめた。そしてもう一方の木々には一切話しかけなかった。その結果として、木村さんは二つの区画を示した。私たちはこの目で見た。語りかけてもらえない木はやせて小さい。語りかけてもらった木は堂々と太い。ゾッとした。木村さんは、

「実験とはいえ、可哀想なことをしたな……」

と、やせた木を撫《な》でた。

むろん、植物に語りかけても効果なんてないと言う方々もあろうし、桜が枯れたのもリンゴが一・五トン穫れたのも、何か生物学的な理由があってのことだとする方々もあろう。だが、あの時の取材では、偶然にも三人がそろって「語りかける大切さ」を証明したのである。これには田崎さんも管さんも私も、かなりの衝撃を受けた。

そしてその時、私はふと思い出したのである。私が大学生の頃、実家の庭に突然、見知らぬ芽が二本出てきた。それも庭のまん中であり、花壇ではない。しばらく放っておくと、その芽はどんどん大きくなり、どうも花ではなく、木のようだ。それを見た父が、

「桃の木だ」

と言った。高校生だった弟が桃を二個食べ、二階から種を庭にプップッとやったらしい。驚いたことに、二本の芽は、やがて本格的な木になってしまった。庭のまん中に、二本の桃の木が並び、何年かたつと花を咲かせるようになった。大小の枝が満開になり、空はピンク色にかすんだ。

そして信じられないことに、ついに実をつけたのである。父は面白がって袋をかけ、よく話しかけていた。

「あんな種から、よく実をつけたねえ」

などと言う。そのせいだろうか、桃の実は年毎《としごと》にふえ、一本の木から百個も穫れるようになった。それも一流の果物屋さんで売っているようなみごとな桃であり、甘くてとびっきりおいしい。ご近所や友達にもどれほど配ったかわからない。

やがて桃の木は老いて枯れたが、十年近くもの間、あれほどの実をつけ続けたのだ。農地でもなければ、育て方さえよく知らぬシロウト宅の庭で、花と実を楽しませてくれたのは、父が語りかけていたからではなかったか。

当然ながら、男友達とお昼を食べた後、私はまたバラに話しかけながらせっせと世話をした……というわけにはいかなかった。食べすぎて眠くなり、

「世話なんかアテにせず、自立したバラになれよ！」

と声をかけ、ぐっすりとお昼寝してしまったのだ。

下戸の気遣い

私が三菱重工に勤めていた頃、一滴たりともお酒が飲めない男子社員がいた。そのA氏はいつでも、

「体質でね。体がアルコールを受けつけないんだ」

と言っていた。むろん、A氏以外にもお酒をまったく飲めない人たちはいたが、彼を強烈に覚えているのは、私がひどいいたずらをしたからである。

その日、私は「ベズラ」というあだ名の女子社員と、給湯室でサボっていた。ベズラとは今も仲良しだが、彼女は酒豪である。私も体が受けつける。するとそこに、A氏が入ってきて、水を飲もうとした。当時はペットボトルなどあるわけもなく、水道の水である。すると優しいベズラが、

「冷たい水を作ってあるから、こっちを飲めば」

と言って、冷蔵庫からヤカンを取り出した。ヤカンの中にはレモンを浮かべた水道水が入

っており、A氏は喜んで、それをゴクゴクと飲んだ。それを見て、私が叫んだのである。

「お酒、ちゃんと飲めるじゃない‼」

え？　と驚く彼に、私は、

「それ、普通のお水じゃないの。課長には秘密よ。日本酒を少し入れてあるの」

とウソをついた。あうんの呼吸でベズラまでが、

「レモンのおかげで飲みやすいでしょ」

と首なぞすくめた。すると突然、A氏の息づかいが荒くなり、体中が赤くなり始めた。私たちは慌てて、

「ウソよ、ウソ。単なる水だってば」

と言ったのだが、彼は給湯室の椅子にへたりこみ、動けなくなってしまった。私たちはオシボリで彼の額《ひたい》を冷やしたり、ウチワであおいだりしながら、

「ごめんね。本当に普通の水なの。ごめんね」

と必死の介抱である。たぶん、二十分かそこらの後、彼はようやく正常に戻り、

「このワル女どもッ」

と苦笑して、給湯室から出て行った。ところが、彼は自席に戻ったものの、どうにも体調が思わしくない。しつこいようだが「単なる水」である。なのに体に力が入らず、病人のよ

うになり、とうとう早退してしまった。それでも私とベズラがワルサをしたことは他言せず、

「風邪気味で……」

と言って早退したという。

私とベズラはその夜、またもゴンゴンと飲みながら、いたく反省したのである。まさか、ウソの言葉だけで泥酔してしまうとは、考えもしなかった。私とA氏は課も違い、接点はまったくなかったのだが、あれから二十年がたつ今でも、彼の名前も顔もよく覚えている。

世の中には、本当に体がアルコールを受けつけない人間がいるのである。ウソの言葉だけで体調を崩す人間がいるのである。私はあの一件で骨身にしみた。今ではそういうことも認知されてきたし、無理強いもしない世の中になってきたが、下戸《げこ》の人たちにとって、昔はつらかっただろうと思う。おそらく、酒席では、

「俺の盃が受けられないというのか」

「酒も飲めないヤツに、仕事は任せられん」

「飲めないのか？　まったくシラケるなァ」

だのという暴言に、身を縮めることも多かったのではないか。

現実に、私の親しい女友達の一人もアルコールがまったくダメである。困ったことに、彼女はキャリアウーマンであり、酒席の誘いが多い。ついには、真剣に私に相談してきた。

「酒席で、『私はウーロン茶を』って言った瞬間、席がシラーッとするのがわかるのよ。『あ、飲めないんですか……』とかって言われて、もちろん誰も無理強いはしないわよ。だけど、何かすでに壁ができちゃった気になるの。だから、私は必ず『飲めないけど、酒席は好きなんです』って言うんだけどね。せめて、ビールをグラスで五センチくらい飲めるようになる訓練があったら教えて」

ビールを「五センチ」とは泣かせる。だが、体が受けつけないものを、無理に訓練する必要はあるまい。確かに一瞬の「シラケ」はあろうが、それが壁になると思うのは考えすぎだ。

そして、飲めない人の多くが「酒席は好き」と言うが、言う必要はないと思う。おそらくこの言葉は、飲む人たちが少しでもシラケないようにとする気遣いだろう。だが、飲む人たちはお酒を一緒に体に入れることが愉《たの》しいのであって、相手が酒席が好きかどうかなどどうでもいいのである。逆に言えば、飲む人たちは飲めない人の気遣いを、ほとんど気づいているまい。要は「飲めるか否か」であり、だから「飲めないんです」と言えば十分である。私自身、飲めない人と二人の場合、自分も飲まない。ウーロン茶相手に一人で飲むと、これが信じられないほどおいしくないのだ。

この五月十日付の「朝日新聞」に掲載されていた宝酒造のアンケート結果は、「一人ではおいしくない」を裏付けているといえよう。二十代と三十代の独身男女に調査したところ、女性の六十一パーセントが「付き合うなら飲める彼」を希望したという。また、男女全体の半数が「一緒に飲むことで交際が進展した」と答えたとあった。

だが、お酒は「嗜好品」であり、好まなければそれまでのことだ。とは言え、そうもいかない場合もあろう。私は飲めない女友達に相談されたとき、答えた。

「こう言って逃げるのよ。『私、ずっと飲んでたんですけど、体こわしてドクターストップなんです、今』って」

私の経験では、この方が「酒席が好き」なんて言うよりシラケない。

いいトシぶっこいて

ある日、男友達がぼやき始めた。

「うちの会社のオバサン連中が、全然仕事にならないんだよ」

その理由が嬉しいじゃありませんか。韓国俳優のペ・ヨンジュンに入れこむあまりだという。男友達は、

「ヨンさまの追っかけで会社は休むし、ヨンさまのお国を見てみたいなんてほざいて、韓国まで行っちゃうし」

と、ゲンナリしている。

『週刊朝日』の表紙まで飾ったペ・ヨンジュンを、知らない人もいないと思うが、彼はNHKで放送された韓国ドラマ『冬のソナタ』で大ブレイクし、今や日本女性のアイドルである。もっとも、各種報道によると、どうもオバサン年齢の日本女性に抜群の人気らしい。

ともかく今や、「ペ・ヨンジュン」なんぞと呼び捨てては血を見るのだ。「ヨンさま」と、

こう呼ばなければならない。

ついに男友達は、ヤケ気味に吐き捨てた。

「まったく、いいトシぶっこいてスターにドキドキするって、絶対に『人格破綻《はたん》』をきたしてるよッ」

オー、そこまで言うかと思ったが、私はいいトシぶっこいてスターにドキドキする気持ちはよくわかる。つい最近、いいトシぶっこいた女が、ヨンさま騒動の報道を冷笑し、

「追っかけなんかしてる時間があれば、本が三冊読めますのにね」

とコメントしていたが、こういう女とは絶対に友達になれない。第一、「本が読める」という型通りの言葉の、何と底の浅さよ。こういう女は「本」と言えば「知性」とイコールで、「追っかけ」と言えば「バカ」とイコールだと思っているのだ。その単純さに気づいていない女なんてろくなものじゃない。

私は仕事柄、芸能人にドキドキしてはいられないし、横綱審議委員になる前は、「心の夫・水戸泉」だとか「心の情人《アマン》・北の富士」だとか騒いでいたが、今は心ときめく力士がいても、口には出さず耐えている。

しかし、プロレスラーなら何の問題もない。私には小橋建太選手という、十年来のドキドキレスラーがいる。いいトシぶっこいて手帳に写真は貼るわ、小橋さまの試合があれば仕事

はしないわで、私の秘書のコダマは頭を抱えている。

いつだったか、小橋さまのお召しになったリング用ガウンが当たる懸賞に応募しようとした私は、本当のトシを書くと当たらない気がした。それで「十九歳」と書いたのに当たらなかったという苦い思い出がある。コダマは冷たく「サバの読みすぎです」と言ったが、小橋さまに関しては苦い思い出だらけの私である。リングインした時にテープを投げたら、リングまで届かず、前に座っていた男の頭に命中してにらまれたり、ファンレターを書こうとしたら緊張してうまく書けず、一晩中書き直しているうちに脚本の〆切りを忘れ、プロデューサーににらまれたり……。でも、こんなことに負けていては、「本が読める」と言う女と同等のつまらない女になり下がってしまうの。そうなの。

だからこの二月、私は力士の大善関《だいぜん》の断髪式に伺った。私は断髪式にはほとんど行かないのだが、大善関は小橋さまとも親しく、

「内館さん、ぜひいらして下さいよ。小橋選手の隣に席をご用意しますから」

とおっしゃるではないか。私はその言葉にクラクラし、熱にうかされたように、

「ああ……行くわ……」

と答えたのである。

コダマはあきれつつも、大善関へのご祝儀を用意し、前夜にはわざわざ私に、

「ご祝儀、忘れずにお持ち下さい。小橋選手のことで頭が一杯でしょうが、主役は大善関ですからね」

と電話をくれたほどだ。むろん、私もご祝儀を持ち忘れるほどのウツケではない。ちゃんと持った。

そして当日、小橋さまと親しくお話しできたのである。私はうっとりし、ウルウルし、パーティに列席している力士たちがあきれて見ているのがわかる。彼らの目は「これが朝青《あさしょう》龍《りゅう》関をビシバシ怒る女と同一人物か？」と言っている。

こうして幸せな一時を過ごし、私は大善関の気配りに感謝しながら、ウルウルを引きずって帰宅した。帰宅してから真っ青になった。私はウルウルのあまり、ご祝儀を出すのをケロッと忘れていたのである。「あれほど言ったのに」と天を仰いだコダマに、私は、

「持ち忘れなかったの。でも出し忘れたの」

と弁解したが、後から送るほどの額でもない。もう恥を承知で、大善改め富士ケ根親方に正直に白状した。親方は大笑いし、

「気にしないで下さい。それより、そこまで喜んで頂いてよかったです」

とおっしゃったが、こういう私であるだけに、ヨンさまにウルウルするオバサンの心はよくわかるのだ。そこには「さすがに恥ずかしいなァ」という気持ちがあり、「でも見てるだ

けで、何だか血が逆流するトキメキなのよ」という気持ちがある。両者がせめぎあい、心身をさいなみ、燃やすのである。こんなスゴイ感情を経験した女の方が、本三冊の活字を追っている女より深いに決まっているし、幸せに決まっている。

ヨンさまの追っかけをぼやく男友達に、私は力一杯、

「そういうオバサンに気持ちよく有給休暇をあげなさい。必ずパワーを仕事に返してくれるものよ」

と言った。すると彼は、

「なーるほどね。ご祝儀を忘れたことを、そうやって正当化してるのか」

とニヤリとした。フン、可愛くないオジサン！

柔らかな雨

先日、タクシーの中で、若い運転手さんと他愛ない話をした。すると、降りる頃に突然言われた。

「もしかして、内館牧子さんですよね？」

そうですと答えると、運転手さんが何と返したか。

「すげえ優しい人なんすねえ。声とか言い方とかも女らしくて」

ウソではない。本当にこう言ったのだ。ここは「お釣りはいりません」と言うべきだわッ。

そう思っていると、運転手さんは、

「朝青龍のことを怒っているのをテレビで見て、恐い女だと思って。ビシーッと言うし、筋道立ってるし。おっかねえ女だなって」

やっぱり、お釣りはしっかりもらおう。さらに彼は、

「今まで親方とか男たちが誰も言えなかったのに、女が言ったんだから。朝青龍とタイマン

張る女って、やっぱ恐いっすよ」

タイマンと来たか。お釣りどころかタクシー代を払いたくなくなってきた。やがて、自宅の前に着くと、彼は振り向き、笑った。

「すっげえ優しい女だったって、運転手仲間に言っときます」

私は九八〇円ものお釣りをもちろん受け取らず、

「朝青龍はチャーミングな力士よ。ぜひ、国技館に応援に来てね」

と、もう惚《ほ》れ惚《ぼ》れするような優しさをダメ押しして、タクシーを降りた。

実は、「おっかねえ女かと思ってた」と、このところよく言われる。すべて、朝青龍と「タイマンを張った」せいである。私はテレビを見ていないのだが、よほど「ビシーッ」と言ったところが流れたのだろう。

世の中には物覚えのいい人がいて、武蔵丸と「タイマンを張った」ことも覚えていたりするから困る。先日もスーパーマーケットで中年紳士に声をかけられた。

「武蔵丸とか朝青龍とか、内館さんは横綱対戦ばかりで大変ですね」

私はちょうど「傷あり。98円均一」のアボカドを選んでいた。こういう時に声をかけないで頂きたい。

それにしてもである。テレビや新聞報道の影響は本当に大きい。限られた時間や紙面である以上、私が言ったことの全部や、ニュアンスまでは伝えられない。私だって優しい言葉も言っているのだが、そこがカットされてしまうと、「おっかねえ女」一色になる。

が、実のところ、確かにこのところの私はおっかなかったかもしれない。自分でもそう思う。決して大相撲のことばかりではなく、生活全般にだ。そうなってしまう原因もわかっているのだが、やっぱり大人の女は、いかなる時でも、

「相手を楽にさせる物腰」

「許す心」

「気を長く」

の三点をめざさなければなるまい。私は「おっかねえ女」をやりながらも、実はこの三点をめざしているのだ。誰にも言ったことはないけれど。

しかしながら、現実には、

「すぐケンカ腰」

「死んでも許さぬ心」

「モタモタしてるヤツは張り倒す」

という昨今の私であり、どうしたものか……と、これでも反省していたのだ。

そんなある夜、男友達が銀座のライブハウスに連れて行ってくれた。何とあの『ザ・ワイ

ルドワンズ』のライブである。そう、一世を風靡《ふうび》したグループサウンズであり、メンバーも私たちと同世代で、あの頃の彼らは、もうとびっきりすてきだった。中でもドラムスの「植田クン」は、若い女たちに絶大な人気で、私だって力士を追っかけながらも、実は彼には胸ときめかせていたのだ。誰にも言ったことはないけれど。

そして当夜、店内は超満員。九割以上が団塊世代の男女に見えた。ボタンダウンのシャツにトラッドなジャケットのオジサンたちもかなりいる。白髪のＩＶＹ《アイビー》ファッションはとてもいい。オバサンたちだって、ちょっと肩に力が入っていて、それが悪くない。「アタシら、そこらのギャルとは違うわよ」と全身でやんわりと語るあたり、さすがの技だ。

やがて、あの『ザ・ワイルドワンズ』のメンバーがステージに出てきた。キャー、やっぱりナイスミドルだわ！　ものすごい拍手の中、軽妙なトークが始まる。何とそのテーマというのが「前立腺ガン」である。植田クンが叫ぶ。

「同世代の皆さん、残尿感があったら、診てもらいましょう！」

客席は爆笑であるが、あの『ザ・ワイルドワンズ』が、残尿感の話をする年代になったのね……。こうして懐かしい曲の数々が演奏される中、歌の途中で突然、メンバーの一人が歌詞を忘れてしまった。どうしても出て来なくて、立ち往生。すると、客席のＩＶＹオジサンや、肩に力のオバサンたちから、次々に声が飛ぶ。

「そういうの、俺らもよくあるぞー。気にするな」

「そうよーッ。私らしょっちゅうよーッ」

その声にドーッと拍手と歓声がわく。こんな連帯は、私の趣味ではないのだが、ジンワリと心に水気がいき渡るのを感じていた。私はこの人たちと共に青春を送り、この人たちと常に熾烈《しれつ》に戦って生きて来た。しかし、それを癒やしあうのも、またこの人たちとであったのだ。そして今、半分本気半分冗談で、病気の話題を遊ぶ。その微妙な年代の奇妙な一体感。「みんな、ここまで来たね。よくやったよな」というような、決して私の趣味ではない何か。だが、それは少なくとも、「おっかねえ女」の最中にある今、柔らかな雨だった。

タクシーの運転手さんが「優しい女」と言ってくれたのは、このライブの翌日のことである。

学会デビュー!!

「ついに」と言おうか、「あろうことか」と言おうか、私は六月五日に学会で研究発表し、学会デビューを果たしてしまったのである。

私は東北大学の大学院に入学すると同時に、二つの学会に所属した。「日本宗教学会」と「印度学宗教学会」である。今回のデビューは、和歌山の高野山大学で行われた「第47回印度学宗教学会学術大会」である。

私が東北大で宗教学を学ぶ目的は「大相撲の宗教学的考察」のためであり、日夜、考察に励んでいる。一部には「日夜、国分町《こくぶんちょう》で飲んでいる」との声も確かにあるが、それは研究者の「気晴らし」という必要悪だと考察する。

むろん、学会では研究テーマの大相撲と宗教について発表するのだが、私はこの二月からずっと「相撲教習所」に通っており、新弟子がどういう教育をされているかの調査を続けている。それは「神事に端を発する大相撲」の、いわば「宗教」教育の調査だ。「相撲教習所」

に外部の人間が通ったことはないだけに、その教育法を学会で発表したいと思った。そして、教習所長の若藤親方に許可を頂いた。

この「相撲教習所」とは国技館の敷地内にあり、日本相撲協会の直属教育機関である。新弟子として登録された直後から、六カ月というもの、全員が通わなければならない。昭和三十二年に設立されて以来、外国人も日本人もみんな、ザンギリ頭で通った。大横綱の輪島も北の湖も、貴乃花も朝青龍も、誰もがだ。

ここでは、朝七時から「相撲実技」の教育がされ、十時からは「学科」である。カリキュラムは「相撲史」に始まり、「社会学」、「書道」、「国語」、「運動医学」、「自然科学」、「相撲甚句」と並ぶ。新弟子たちは毎朝五時起きし、それぞれの相撲部屋から通学。七時にはマワシをつけて実技が始まる。相撲界では「朝稽古の後にチャンコ」ということになっており、教習所の新弟子たちも、朝から飲まず食わずで実技と学科を受ける。昔に比べれば甘くなったらしいが、教習所は相撲界の洗礼を受ける場でもある。

とはいえ、現代っ子の新弟子に「土俵は聖なる場所」だの「塩や水は聖なるもの」だのを、教習所では具体的にどう教えているのか。私はそれを発表したく、題は、「相撲教習所における聖教育」にしようと思った。「聖教育」は「性教育」と仮名表記が同じなのに、それこそ「聖と俗」の表裏の面白さだ。何ていい題だろうと自画自賛し、大学で鈴木岩弓教授と木

村敏明助教授に提案すると、

「内館さんのセンスはよーくわかるけど、ダメ」

と簡単に却下された。そう、私はアカデミズムの世界にいるんだったわ。学会だったわ。バラエティ番組のノリじゃいけないの。

以来、私はありとあらゆるお誘いを断り、せっせと発表の準備に明け暮れた。十五分程度の発表原稿を作ることくらい簡単だろうと、仕事仲間や友人たちは言った。確かに、原稿を書くのが仕事の私であり、講演やシンポジウムなどで、「話す」という仕事にも慣れてはいる。だが、アカデミズムには全然慣れていないのだ。まして、錚々《そうそう》たる学者や研究者を前に発表するばかりか、「質疑応答」までしなくてはならない。突っこまれて立ち往生したり、アナだらけの発表をしては、指導の東北大にも、全面協力の日本相撲協会にも申し訳が立たぬ。かくして私は原稿の一言一句に悩み、他の論文集を参考に構成を練り直し、ひたすら禁欲の学究生活である。男友達は電話で言った。

「せっかくうまい天ぷらおごってやろうと思ったのに。だけど確かに、『印度学宗教学会』って、近寄り難《がた》い名前だよな。君にはちと荷が重いんじゃない？」

そんなこと、とっくにわかっている。何しろプログラムを見ただけで、私はビビっているのだ。他の発表者はたとえば「『神秘主義』の概念とそのコンテクスト化」、「インド密教における聖地と巡礼」、「ホモ・レリギオスス概念の再検討」、「南インド・カトリック教会における秘跡の実践の普遍性と地域的要素」等々だ。これでは確かに「聖教育」ってワケにはいかない。こんな研究者たちに突っこまれた質問をされることを考えると、やせる思いだ。

学会の前に、鈴木・木村両先生と院生たちに「事前発表会」をやることになり、やっとの思いでこぎつけたものの、院生たちからこれでもかと質問が飛ぶ。調べ直さないといけないことも多く、私はすぐに東京に戻り、教習所と相撲博物館に直行である。教習所では大山親方をはじめ、四人の親方を総動員し、風呂掃除をしていた新弟子衆までかり出し、予想される質問に対する返答を確認して行く。誰もが「この女、早いとこ大学院を卒業してくれよ」と思っただろう。この場を借りて、親方と風呂掃除の新弟子衆に厚く御礼申し上げます。

こうして、いよいよ学会の日が来た。院生たちとビールを飲みながらめざす高野山は、旅気分で楽しい。これで発表さえなければ、どんなにいいだろう。

しかし、最終日、私は「学会デビュー」を無事に終えたのである。その上、質問はひとつも出なかった。私の発表があまりにも完璧ですばらしく、居並ぶ学者たちはグウの音《ね》も出なかったのだ。……って、そんなワケがあるはずがない。私はつい、土俵入りの型やら塵手水《ちりちょうず》の所作まで実演し（学会で『実演』って珍しいと言われてしまったけど）、十五分の持ち時間を大幅にオーバー。質疑応答時間をカットされたのである。

ホントに師範なんです

梅雨のある夜、『週刊朝日』の編集者たちと、イラストレーターの大滝まみさんと、みんなで『ちゃんこダイニング若』に行こうということになった。元横綱若乃花（現・花田虎上《まさる》さん）のお店だ。うちからは歩いて行けるし、とてもおいしいので、私はよく行く。

当日は間接照明の、暗めの個室がムードを盛り上げて……といっても、このメンツでムードを盛り上げても何の意味もない。私なんぞ、コンビニに行くのと同じアロハにスニーカーである上、『ちゃんこ若』の隣の安売り店で買ったタワシとスポンジをぶら下げて来たのであるから、気合の欠如がわかろうというものだ。

そのとき、

「遅くなりましたア」

という声と同時に、大滝まみさんが入ってきた。何ということ！　まみのヤロー、着物で来やがったではないかッ（私としたことがつい）。何の意味もない男どもは「オーッ」と声をもらし、本当に薄暗い室内に可憐な花が咲いたようだった。

何しろ、彼女の装いといったら、渋い砂鉄色の単衣《ひとえ》の紬にサンドベージュの帯をしめ、長い髪をクシュクシュとアップにして、もうメチャクチャ可愛い。落ちついた色合いでまとめながら帯締めと口紅だけが、燃えるような赤で、きっと意味のない男どもはそそられたに違いない。ああ、それにしてもこの私、いくら近いからとはいえ、アロハにスニーカーだ。いくら安いからとはいえ、タワシにスポンジだ。

このテイタラクでは誰も信じないと思うが、今から十五年ほど昔の私は、どこに行くにも着物だった。女友達とお好み焼きを食べる時も、男友達と映画に行く時も、テレビ局や出版社で打ち合わせをする時もだ。もちろん、真夏でも絽《ろ》や紗《しゃ》を普段着に着ていたし、雨の日は洗える着物に蛇の目傘を当たり前にさしていた。そして、着物にスニーカーで車を運転し、降りるときに草履にはきかえるのが日常だった。何しろ、たまたま洋服姿の私を見たカメラマンが驚き、

「着物のイメージしかないから別人かと思った……」

と言ったほどなのだ。

さらに誰も信じないだろうが、私は「着つけ」の師範のお免状まで持っている。私が通った教室では、

「暗闇でもサッと着られること」

というのが重点教育目標で、試験のときは暗い部屋で手さぐりでヒモを手にし、むろん鏡など一切見ずに、十分だか十二分だかでピシャリと着ることが要求された。今にして思うと、何とも不思議な重点教育目標だが、男友達は、

「それはだな、灯も鏡もない山奥とか川原でやるときのためだな」

と言い、私が大真面目に、

「何で山奥や川原にわざわざ着物で行くの？」

と訊くと、

「だって他に考えらんない教育目標だろうが」

と怒った。そういう「他に考えらんない」試験をも乗り越え、私は師範の高みに到達したのだ。

ところがである。朝の連続テレビ小説『ひらり』に追われ、一年間ほどまったく着物を着なかったところ、これはさすがに自分でも信じられなかったが、着つけをすっかり忘れてしまった。帯を結ぶどころか、着物が着られない。ノートを見ながら必死に着るものの、だらしなく着崩れ、帯はまったく形にならない。「私は師範よッ。山奥でも川原でもＯＫの師範なのよッ！」と自分を鼓舞するものの、着られない。後で聞いたところ、ここまで忘れ切る

人はかなり珍しいと言われた。

致し方なく、必要なときは美容室で着せてもらっていたが、もとより着物が好きで、もっと日常的に着たくてたまらない。季刊『美しいキモノ』に連載を始めるようになり、その思いはさらに強まった。そして、一年ほど前、マンツーマンで再び習ったのである。先生には「師範」であることを一切告げず、私は、

「名古屋帯ってこんな形してんですかァ。知らなかったァ、ウソー！」

に近いブリッ子ぶり。

そして最近、私の周囲では、日常的に着物を着る女が明らかにふえている。大滝まみさんも、

「これからは、できるだけ着るつもり」

と言うし、デザイナーの横森美奈子さんは、

「週に三回は着ようって一応決めてるの」

と言う。講談社漫画賞のパーティで会ったライターの衿野《えりの》未矢《みや》さんは、家にいるときも外出するときも着物なので、洋服はほとんど持ってないという。作家の群ようこさんも、三百六十五日を着物で通したと聞く。エッセイストの麻生圭子さんは、京都の古い町家で暮らし、どこに行くにも着物だという記事が、女性誌に出ていた。さらに昨今、古着人気はすさまじ

い。古着店では、古い銘仙《めいせん》や紬がとても安く手に入るため、いつも女たちで賑わっている。それも若い女たちが多い。彼女らはきっと、友達にちょっと差をつけてお出かけしたいのだろう。その思いが「着物」に行きついたというのは、何だかとてもいい。

かくして、私も固く決心したのである。これからは週に一度は必ず着物で出かけようと。とはいえ、着つけはあまり自信がない。師範のカンは戻っていない。

そこで考えた。まずは「ムードを盛り上げても、何の意味もない男たち」と会うときに着て、練習しよう。ナーニ、そんな相手なら帯が曲がろうが、衿がズレようがかまわないもの。意味のない男性の皆さま、次回はそういう着物姿で行きます！

姐御がいいわ

私は頑として「土俵に女をあげてはならぬ」と言い張っているが、この六月二十八日、リングにはあがってしまった。プロボクシングのＷＢＣ世界ミニマム級タイトルマッチの「イーグル京和《きょうわ》vs小熊坂諭《こぐまざかさとし》」のリングである。

イーグル京和が所属する角海老《かどえび》宝石《ほうせき》ジムから、

「イーグルの応援者代表みたいなことで、ＮＨＫの諏訪部さんと一緒にリングにあがって、セレモニーに出てくれませんか」

と言われたのは、試合のわずか三日前である。

二〇〇〇年四月にＮＨＫで放送した朝の連続テレビ小説『私の青空』は、私が脚本を書き、諏訪部さんがプロデューサーだったのだが、このドラマでは、プロボクサーとボクシングジムが非常に重要なポジションを占めていた。そのとき、日本ボクシングコミッションや多くのボクシング関係者の協力を頂いたのだが、現場を丸ごと引き受けてくれたのが、角海老宝石ジムだった。ボクサー役の筒井道隆さんや赤坂晃《あきら》さんへのボクシング指導をはじめ、脚本のボクシングシーンのチェック、ジムや試合会場などのセット制作の相談等々、微に入り細をうがちである。さらには、ドラマでの「負け役ボクサー」として、同ジム所属の本当のプロボクサーを貸してくれたのだ。中には、

「俺、ドラマでも負けるのはヤダからな。ノックアウトなんか絶対に断る」

と言い張るボクサーがいたり、セットのリングに立ってゴングが鳴ったら、つい本気になって俳優をジャブ一発で倒してしまったボクサーがいたり、現場は大騒ぎだった。

だが、これ以来、諏訪部さんと私は、角海老宝石ジムの選手が他人とは思えなくなってしまった。二人とも、元々ボクシングが好きでよく観ていたとはいえ、角海老宝石の選手の試合はよほどのことがない限り、今も会場に応援に行く。また、減量前に選手をゴハンに誘うと、ヤンチャな話が次から次へと出て来て、もう抱腹絶倒の面白さだし、可愛い。

もっとも、イーグル京和はタイ人なので、お互い言葉の壁があり、日本人選手と同じようなコミュニケーションは取れないが、彼の試合はデビュー戦からすべて、会場に応援に行っていた。そんなことから、ジム会長は「応援者代表」としてリングに……と考えたのだろう。

が、私はすぐに返事ができなかった。察したジムのマネージャーは、

「土俵と違い、リングは女性があがっても何の問題もありませんよ」

と言う。現実にボクサーの妻や娘もあがるし、何よりもラウンドごとに半裸のラウンドガールがあがっている。とはいえ、やっぱりここは諏訪部さんだけにあがってもらった方が、気持ちが落ちつく。そう思っていたところ、その日はどうしても諏訪部さんは観戦に行けないという。

さんざん考えた私が、「あがろう」と決めたのは、イーグルの顔を思い浮かべたからだった。きれいな澄んだ目をした彼は、日本でも極貧の暮らしに耐え、世界のトップに立った。いつ会っても穏やかで、言葉が不自由なせいもあってか、どんなときでも静かに笑顔を見せている。日本人の妻に支えられてはいても、おそらく、まったく利害のない友人は少ないかもしれない。諏訪部さんが欠席なら私があがればいいことだと思った。イーグルは喜んでくれるかもしれないという気が強くなっていった。

そして、あがった。イーグルは私と目が合うと、クシャッと笑った。その瞬間だけ「よかった」と思ったが、あとはずっと「ああ、出すぎたことをした」と、身の置き場がなかった。あそこに立ってみて、ハッキリとわかった。男が闘う場所に、女が入ってはならない。それは土俵でなくとも、「やっぱり入るべきところではないと、少なくとも私は感じた。この居ごこちの悪さは、やっちゃいけないことをやっているからだ」という思いがずっとあった。

リングは客席から見るよりもずっと狭く、床のマットは予想よりはるかに柔らかい。立っている私が、例えばほんの少し右足に重心をかけると、その靴底が一気に右に傾いて沈む。ものすごくバランスが取りにくい。そして、四本のロープがしっかりとリングを包囲し、三六〇度を観客が取り囲んでいる。客席は暗く、客の顔はほとんど見えず、リングの上だけが異様に明るい。入場してきたイーグルも小熊坂も、八オンスのグローブをつけ、両手は殴ることしかできないようにされている。自由のきかない両手で、このリングに立つ怖さは、どれほどのものか。逃げることさえ不可能な両手だ。何が何でも、このバランスの取りにくいマットの上で殴り合うしかない。ロープに包囲された狭い空間で、やるかやられるかを展開するしかないのだ。それを実感した時、私は彼らと同じ場所に立っている自分を恥じた。

むろん、すばらしい女性ボクサーもいるし、A級ライセンスを持つ女性レフェリーもいる。しかし、リングは彼女らにとっても闘いの場であり、門外漢の私と同列に扱うことはできない。

私は今後、たとえ親しいボクサーに頼まれたとしても、もうリングにはあがらない。それより、減量前の彼らにゴハンをごちそうして、

「しっかり食べな。で、勝ったら真っ先に、アタシにチャンピオンベルトをお見せ」

なァんて姐御《あねご》風《かぜ》を吹かせる方が、ずっと女のロマンだし居ごこちがいい。

知らない強み

「知らない」ということは、何と強いことかと思う出来事があった。

七月二日、月刊『潮』の対談のため、新潟に行ったときのことだ。当日、私と有田編集長と担当編集者の北川さんは、三人とも新幹線の車両がバラバラであったが、私の周囲はガラ空き。北川さんは私にお茶を手渡しながら、

「新潟近くになったらまた来ます」

と言い、自分の車両に戻って行こうとした。そのとき、一気に客が乗ってきて、私の周囲のガラガラの席が、全部埋まったのである。ナイスミドルの外国人男性も一人いたが、あとは若い男たちばかりだ。総勢十人か、もっといただろうか。そして、若い男たちはハンでおしたように、ヴィトンのキャリーを引いていた。

自分の車両に戻ろうとした北川さんは、彼ら一団を見てハッとして、なぜだか目を輝かせて私に合図を送ったような気もしたが、それも後で思い当たったことである。

読者の皆さまは、もうお気づきと思うが、このヴィトンの一団は、サッカー選手だったのだ。そう言われてみると、確かにみんなカッコよくて、ヴィトンのキャリーもよく似合っていた。外国人ナイスミドルは監督らしい。後から知ったのだが、翌日だか翌々日に新潟でオールスター戦があり、彼らはそれに参加する選手だったのである。

私は翌々日から大相撲名古屋場所が始まることは知っているが、サッカーのことはまるでわからない。列車内で、あたかも私を囲むかのように座っている選手たちは、それはもうキラ星の如きスターばかりだったのだ。が、私は知らないので、ドキドキしようがない。お弁当をパクパク食べ、足のむくみ防止のため、婆《ばあ》サンのように座席に正座だ。あげく、パタパタと化粧直しをし、新潟近くになると、スター選手に網棚から私の荷物を下ろさせたのだ。いや、私が命じたわけではなく、彼が察して、

「下ろしましょうか」

と言ってくれたのである。私は婆サン座りのまま、

「あら、すみません」

とシャラッと言ったのだから、知らないということは強い。選手たちは海外遠征などで、マナーが身についているのだろう。みんなジェントルマンで、もの静かで、目が合うと優しげな笑みを浮かべ、今、思うとタダ者ではなかった。

やがて新潟駅が近づき、デッキで北川さんが囁いた。

「イヤァ、内館さんの席すごかったですねえ。イケメンに囲まれて、心臓が破裂しそうだったでしょう」

私はうなずき、

「ホントにみんなイケメンだったわね。あの人たちモデルよね」

と言ったのだから、北川さんはあきれた。が、彼が何か教えてくれる前に、列車がホームに着いたのである。すると、女の子たちが待っていて、「キャー!!」という叫びと共に、ヴィトンの一団を追っかける、追っかける。私はびっくりして、北川さんに、

「モデルって、あんなに人気があるの？」

と訊いた。彼は心底あきれた顔をして、

「内館さん、ホントに知らないんですか。全員、すごいサッカー選手ですよ。サッカーファンならずとも、内館さんのあの席は、もうヨダレが出る席です」

と言うではないか。私をあたかも囲むように座っていた選手名を、北川さんは次々に言った。

「闘莉王《トゥーリオ》もいましたし、田中達也もいましたし」

私には全然わからず、訊いた。

「その人たち、相撲の番付でいえばどのくらい？」

北川さんはホームに立ち、キッパリと言った。

「大関、横綱です。オールスターやオリンピック代表ですから」

私は「相撲変換」すると、社会のすべてのことをたちどころに理解する。北川さんの答えに仰天した。

「えーっ!!　ということは、私は魁皇《かいおう》や千代大海に囲まれてたってこと？」

「そうです」

「私は武双山《むそうやま》や栃東の前で婆サン座りをして、化粧直しをしたってこと？」

「そうです」

「朝青龍に荷物を下ろさせたってこと？」

「そうです」

私はホームを走り出した。サッカー界の横綱、大関をもっとしっかり見ておこうと思ったのだ。北川さんも早く言ってくれれば、車内でしっかり見ておいたのに。でも、あれほどのスター選手を知らないなんて彼は考えもしなかったという。

選手たちは女の子に囲まれながらも、子供たちと握手し、サインに応じ、励ましの言葉に礼を言う。私はそれを見ながら思ったのである。世の男の少なからずは、ちょっとイケメンだというだけで、いい気になる。ちょっといい仕事をすると、他人を見下す。むろん、そうではない人もいるが、このサッカー選手たちのように、みごとにイケメンで、横綱・大関の仕事をしてもジェントルマンであり続ける姿は、見習うべきではないか。もちろん、そういう女たちにしてもだ。

それにしても、「知らない」ということは何という強みだろう。もしも、あの席にいたのが力士やレスラーやボクサーだったなら、私はバクバクと酸欠状態になり、気取ってお茶もお弁当も口にせず、対談の前に疲れ果て、仕事にならなかっただろう。

ああ、さらにそれにしてもだ。私が荷物を下ろさせたスター選手の方、お顔もちゃんと拝見せず、名前も存じ上げず、婆サン座りで失礼しました。この場を借りて厚く御礼申し上げます。

西瓜のジュース

私が中学生の頃のことだ。親戚の小さな男の子と一緒に、西瓜《すいか》を食べていると、その子が言った。

「メロンのとこまで、ちゃんと食べるよ、僕」

「メロンのとこ」とは、西瓜の赤い果肉の下の緑色のところを指したらしい。大人たちは、「子供って面白いことを言うわねえ」

と大笑いし、それ以来、我が家では、「メロンのとこ」という言葉が定着した。

かく言う私は子供の頃から西瓜が好きで、人前でもつい「メロンのとこ」まで食べそうになってあわてる。

今はどんな果物も野菜も花も、一年中出回っているが、いまだに西瓜だけは夏のものであり、そういうところも嬉しい。六月中旬くらいに、会食のデザートに西瓜が出てくると、必ずといっていいほど、誰かが言うものだ。

「あ、西瓜！　私、今年初めてだ」

この「今年初めて」と言わしめる食べ物は、本当に今や西瓜くらいではないか。苺《いちご》もミカンも柿も、もちろん最盛期はあるにせよ、一年中出ており、

「あ、苺！　私、今年初めてだ」

と言う人に会ったことはない。

で、西瓜のせいで夏のエンゲル係数が高い私であるが、三年ほど前からはさらに西瓜の消費量がすごいことになっている。

というのは、三年前に中国で「西瓜のジュース」を飲み、世の中にこんなにおいしいものがあるのかと、言葉を失ったのである。旅先で食べたり飲んだりして感激したものは、家で作るとたいがい裏切られるが、西瓜ジュースだけは間違いなくおいしい。中国で飲んだものと同じ味が嬉しくて、私はガブ飲みしている。

作り方は簡単で、

①冷やした西瓜の果肉をミキサーにかける。

これだけである。普通、「作り方」というのは①から⑤くらいまではあるものだが、①で終わりだ。

きっと繊細な方々は、

「種はどうするの？」

と思うだろう。そんなもの、中国は気にしないのだ。中国四千年の歴史は、種までゴンゴンとミキサーにかけるのだ。どっちみち、小さく砕《くだ》かれた種はコップの底に沈み、口に入らない。面倒がなくて、つくづく中国四千年の歴史はすごい。

もっとも、いつだったか月刊『壮快』に、大学の先生が書いていらした。西瓜の種には血圧降下の働きがあるので、種ごとジューサーにかけるといいそうだ。さらに、西瓜の果肉には「酸性にかたよった血液を正常に戻す働きがある」とも書いてあった。西瓜ジュースは、絶対のおすすめだ。

ただ、中国の味を再現するには、あまり高級感を出さない方がいい。つまり、バカラのグラスに注いで、ミントの葉を飾ったりしないことだ。中国では二十センチくらいの高さの肉厚なコップに、なみなみと注ぎ、ゴクゴクと飲むのである。

また、氷を浮かべたり、キリキリに冷やすのも、中国の味の再現にはならない。確かに冷たい方が万人に好まれると思うが、これも味に高級感が出てしまう。冷やさない方が西瓜の青くささが残り、赤い果肉の妙なドロリ感が出て、西瓜の好きな人ならこの方が絶対においしい。中国では「人肌」を出す店もあったが、炎天下で飲む「人肌の西瓜汁」には、昭和の郷愁さえ覚えたほどだ。

もちろん、北京や上海をはじめとする大都会の、ちゃんとしたレストランでは高級感の漂う西瓜ジュースを出すし、私は十年以上も昔にそれを飲んだはずなのだが、全然印象にない。

ところが、シルクロードを取材するため、写真家の管洋志さんとスタッフと、中国の西安《シーアン》に向かったのが六月のことだった。西瓜シーズンの始まりで、市場でも露店でもすでに最盛期のような西瓜の山。リヤカーに積んで売り歩く行商も賑やかだった。

到着したばかりの私たちは、暑さと人いきれの市場を歩きながら、決して美しいとはいえない店に入り、西瓜ジュースを飲んだのだ。そのおいしかったこと！　たぶん、「メロンのとこ」も使っているのだろう。青くさくて甘くて、おいしいの何のって、私たちは全員がハマってしまった。

その後、西安から敦煌《ドウンファン》に向かったが、ここでもひたすら西瓜ジュースである。

そして、さらに内陸に入り、砂漠の中の吐魯番《トルファン》へと進む。ここでも、水分補給はもっぱら西瓜ジュースで、さらに世界で最も内陸という烏魯木斉《ウルムチ》へと入っていった。吐魯番も烏魯木斉も中国の自治区だが雰囲気はトルコのような、イスラムのような、摩訶不思議な街だ。露店では毒々しい色のお菓子と共に、人肌の西瓜ジュースが売られていた。体に流しこむと本当に生き返る。

とはいえ、中国の味の再現ジュースは、日本では来客に出しにくい。そこで私は、来客には徹底した「高級西瓜ジュース」をお出しする。これは『青柳』のご主人である小山裕久《こやまひろひさ》さんが、『「幸福の食卓」100のヒント』（講談社）で紹介されている作り方だ。

①よく冷やした西瓜の、まん中の一番おいしい部分を白玉大にくりぬき、とっておく。

②残りの果肉を種ごとミキサーにかけ、その後で漉《こ》して繊維等を除く。そしてブランデーかコアントローをたらす。

③グラスに②を注ぎ、①のくりぬき西瓜を入れ、ミントの葉を飾る。

二通りの西瓜ジュースはもちろん「メロンのとこ」まで無駄なく使える。

男子学生五人の災難

東北大の大学院に入ってすぐ、私はびっくりした。だって、受講科目を「Ｗｅｂ」で登録することになってるというのだ。

私は主義として、パソコンと携帯電話とオートマチック車を持たないで来たのに、何がＷｅｂだッ。やらない学生のことも考えろッ（クラスで「今時、やらない学生はいない」と言われたけど）。私はすぐに教務課の窓口でかけ合った。

「受講登録、私は書類で出しますから、用紙下さい」

教務課の人は、一年生の私に親切に解説する。

「Ｗｅｂで登録することになっているんですよ。登録の方法はですね」

「いえ、私はＷｅｂってやらないので、紙で出しますから」

「紙……。そう言われても、Ｗｅｂなんで、所定の紙はないんです」

そう、大学は私が現役学生だった時代とは違うのだ。あの頃は学生運動の嵐の中、テレホンカードさえない時代だった。何もかも手でやっていたのは、もはや「歴史」なのである。

私はそれを実感し、テレビ局のプロデューサーに言った。

「私は主義として情報遮断してきたけど、そういう時代じゃないのね」

プロデューサーは顔を輝かせて言った。

「オーッ、やっとそこに思い至ったか。いよいよパソコンもメールもケータイもやるんだ。助かるよ」

「やんない」

「は？」

「東北大に私の『喜び組』を作ったから」

「な、何だよ、『喜び組』って……」

「私が『将軍様』なの」

プロデューサーはあっ気にとられ、声もなかったが私は胸を張った。

「将軍様が困ると、喜び組が助けてくれることになってるから、もう何があろうと、私はオッケーよ！」

「オッケーって……。なァ、普通、そういう発想はないんじゃないの？　普通はこれを機に、パソコンをやろうとか、東京と仙台の二重生活だから携帯電話を持とうとか、そっちに行くのが普通だろうよ」

「え、そう?」

「当たり前だろう。『喜び組』を作るって発想、どこから出るんだよ」

「だって、大変なことが色々あるのよ。今頃になって学生やると大騒ぎなの。Webだけじゃないんだから。授業でニーチェとかカントについて当てられたりするのよ。一緒に調べてくれたり、教えてくれる人がいないとお手上げなわけよ」

「まあ、ニーチェとはほど遠い暮らししてるからなァ、社会人は」

「でしょ。あと、仙台ってクリスマスにはケヤキ並木に何十万個というイルミネーションがつくの。そこを一緒に歩いてくれる男ってのも必要でしょ。それで思い当たったわけよ。パソコンからデートまで、私をお助けする『喜び組』を作ろうって」

プロデューサーは、もう話を変えようと思ったのか、突然、身をのり出した。

「で、『喜び組』の女子学生は、きれいな子ばっかり選んだんだろ」

私は当然の如く答えた。

「全員、男子学生」

「え? 全員オトコ?」

「当たり前でしょ。きれいなのは将軍様だけで十分よ。宗教学研究室が誇る頭脳で、かつ男前ばかり五人よ」

　プロデューサーは、しみじみと言った。

「男子学生五人、『喜び組』に指名されて迷惑だっただろうなァ……」

　あまりにしみじみと言うので、私も吹き出したのだが、迷惑を考えてひるむような性格では将軍様になれないのだ。

　ある時など、「喜び組」の一人と青葉山界隈をドライブした。そして、お茶を飲もうということになり、店に入った。彼は運転するので、当然、

「僕、ジュースにする」

　と言った。将軍様は何も考えずに、当然、

「私はビール。そうね、肴《さかな》はホタルイカ」

　と言った。後でよく考えるに、ここは相手に合わせて「ジュースにするわ」と言うのが普通だ。だが、そういう性格では将軍様にはなれないのである。

　一方、将軍様たるもの、きちんと「喜び組」の労をねぎらわねばならない。そういう時、毛利元就のやり方が参考になる。私が脚本を書いた大河ドラマの主人公だ。

　毛利元就は、戦が終わって城に引きあげると、必ずすぐに家臣をねぎらったという。そして、餅《もち》と酒を示し、家臣一人ひとりに、

「ご苦労であった。酒が好きか？　餅が好きか？」

と質問する。家臣の一人が餅を示し、

「それがしは下戸にござりますゆえ、餅を頂きとうござります」

と答えると、餅を与える。また逆に、

「それがしは、何よりも酒を頂きとうござります」

と答える家臣には、酒を与えてねぎらった。元就は常に「本人が欲しがっていないものを与えても、それはねぎらいにならない」と考え、家臣をまとめる方策のひとつとしていた。

私は元就に学び、「喜び組」に訊くわけだ。

「学食のラーメンが好きか？　酒が好きか？　東京のチャンコ屋が好きか？」

これで私も毛利元就。大河ドラマがこんなところで役立つとは思わなかった。

さて、こうして夏休みに入る直前、「喜び組」の一人が言った。

「吉永みち子さんと青森の霊場を回るって言ってましたよね。僕、車でつきあいますよ」

夏休み中も将軍様を忘れぬ立派な心、私はすぐに、

「そなたを『喜び組』の組長に昇格致す」

と言い、イタコの集まる霊場を回ってきた。その話は次週で。

死者と話す夏

先週、このページに東北大における「私の喜び組」について書いた。大学院での私の暮らしを、細やかに助けることが任務の男子学生の組織である。と言っても、大学の正式な組織ではなく（当たり前だ）、私が勝手に自分で作り、頭脳も顔もイケてる五人を有無を言わさず「喜び組組員」に任命したのだ。当然、私は「将軍様」である。

そしてこの八月、私はノンフィクション作家の吉永みち子さんとプライベートで青森の霊場を回る計画を立てていた。吉永みっちゃんは、私に「イタコ」のいる場所に案内してほしいと言うのだ。イタコというのは、「あの世」と「この世」をつなぐ巫女《ふじょ》で、その多くは盲目の老女だ。厳しい修行を積み、あの世から死者を降ろす能力を得た人たちで、死者はイタコの口を借りて、生者に心境を語るのである。イタコは八十代を中心に高齢で、人数は激減している。

今、「東北学」という学問もあるほどで、東北地方は民間行事や信仰ひとつ取っても、非常に面白い。それらは東北大のフィールドであり、研究室でもふんだんに情報をもらえる。

そこで今年は、北津軽郡の『川倉賽《かわくらさい》の河原地《かわらじ》蔵尊《ぞうそん》』でイタコに口寄せしてもらおうと計画を立てた。ここは「死霊結婚」という死者供養でも名高い。これは、未婚で死んだ子供があの世で幸せな結婚ができるようにと、親が花嫁や花婿の人形を納めるのである。私は東北大の授業によって、東北文化が「死」を日常の中に包みこんでいることを感じ、非常に心打たれている。その現場を、みっちゃんに見せてあげたいという気もあった。

すると突然、「喜び組」の一人、ササキ君が、

「僕、車でつきあいます」

と言うではないか。私は夏休みでも将軍様を忘れぬ彼を讃《たた》え、「組長」に昇格させた。実はこの組長、三十代の優秀な精神科医で、私と同じように本業を一時休み、宗教学の大学院生だ。

かくして、脚本家とノンフィクション作家と精神科医という、奇妙な三人の旅が始まったのだが、みっちゃんは組長と会うなり、

「役所広司に似てる！」

と言った。だから、「喜び組」はイケメンばかりだと言っておるではないか。ノンフィクション作家は、いつも脚本家が作り話をしていると思っているのだ。

こうしてまず到着したのは、青森県上北郡百石《ももいし》町の法運寺。ここの『百石いだこ祭り』はぜひ見ておけと研究室で言われ、旅程を合わせたのだ。私たちが昼前に着くと、早くも法運寺の本堂はイタコを待つ人々であふれている。圧倒的に地元と近隣からのお婆さんが多く、早朝から順番待ちをしているという。研究室で聞いた通り、観光客はまったくいない。この『百石いだこ祭り』は明治十五年から続いているもので、当初から法運寺は、イタコと庶民に場所を提供し続けてきた。

やがて、私たちの前に、着物姿のイタコが七人、晴眼者に手を引かれて入ってきた。本堂のアチコチに座ると、待っていたお婆さんたちが目当てのイタコのまわりをワッと取り囲む。お婆さんたちは、一人平均して五人の仏を降ろすそうで、自分の順番なんていつ来るのかわからない。

が、誰も焦らず騒がず、悠然と手枕で横になったり、お弁当やお菓子を交換しあったり。私たちもトマトやトウモロコシをもらい、世間話に加わる。今年は死んだ人がどんなことを言うかと、トマトを食べながら話すお婆さんたちは、何だかとても可愛い。その間も本堂には七人のイタコの念仏が響き、死者の言葉にすすり泣く生者もいて、二十一世紀とは思えない空間と化していた。

ホテルに戻ってから、みっちゃんは私に言った。彼女は亡くなった母上を降ろしたのだ。

「あれは、間違いなく私の母だったと思う。色んな状況が当たってたし、何よりびっくりしたのは、生前の母の口癖が、イタコの口から出たことよ」

ノンフィクション作家にこう言われると、連れてきた甲斐があるというものだ。

そして翌日、組長の運転する車で金木町の『川倉賽の河原地蔵尊』の大祭に向かう。ここでは百七十年前から口寄せが行われていたそうで、私は若くして未婚で病死した親戚の娘を降ろしてもらった。すると、イタコは当事者しか知りえないことを言ったのである。作り話専門の脚本家なのに、思わず小さく悲鳴をあげた。そして、その親戚の娘は、あの世でいかに楽しく暮らしているかを語り、「何の心配もないって、お母さんに伝えてね」と言い残し、あの世に戻って行った。

東京に帰ってすぐ、私はその母親に電話をかけた。当事者しか知らないことを口にした以上、間違いなく本人だと思うと言った。それを言ってから、彼女があの世でとても幸せにしていることを伝えた。電話口で泣きながら聞いていた母親は、やがて礼を言った。

「あの子が死んで以来初めて、心から明るい気持ちになったわ。安堵した」

弾むような声だった。後日、東京で、みっちゃんにもお礼を言われた。

「何かスッキリした。イタコの言うことが当たるとか当たらないとかじゃないんだよね。気になっていた死者と話すことで、解放されるってことね」

その通りだと思う。庶民のこの信仰は、死者をも生者をも癒やす。

もっともイタコのハシゴをする私とみっちゃんにつきあい、組長は癒やされるどころか、役所広司の顔に色濃く疲れがにじんでいた。二学期が始まったら、「副将軍」に昇格させよう。

「チン」は偉大だ

しばらくぶりに、私の自宅で女三人の「チンパーティ」を開いた。

「チンパーティ」というのは読んで字の如く、できあいの料理を買って集まり、電子レンジで「チン」して食べるホームパーティである。料理好きの男友達どもは仲間に入れてもらえないくやしさもあって、

「そんなものを『ホームパーティ』と呼べるかッ」

とか、

「俺を呼べ。色々と作ってやるから」

とか言うが、呼ばない。チンパーティのメンバーのA子が以前に、

「料理好きの男って、能書き垂れてうっとうしいから、いらない」

と言い、みんな賛同したのだ。また、女でも、

「一品くらいは手作りがなくちゃ淋しい……」

なんぞとクネついたり、

「チンする前に、ちょっと野菜を加えて、ひと手間かけるとおいしいわよ」

なんぞとぬかすヤツはメンバーに入れない。

「チンパーティ」には厳しい掟《おきて》があって、
1、すべてチンのみ。鍋に移してあたためたりするものは持ち込み禁止。
2、火、庖丁、まな板は使用禁止。
3、使い捨ての紙皿や発泡スチロールの器を用い、洗い物は禁止。
この厳しい掟は、要はできる限りべったりと座っておしゃべりできるようにと作られ、実は優しい掟なのだ。その一方で、できる限り料理なんかしたくないという女にとっても、これほど正面切って優しい掟もない。

そして、その「チンパーティ」の前夜、メンバーのA子から、何を持って行こうかと電話があった際、私はつい言った。

「掟破りだけど、私、サラダだけ作っとくわ」

するとA子、叫んだ。

「えーッ、サラダ作ってくれるの？　本当？　泣けてきた……」

たかだか野菜をちぎるだけで、この感動だ。女の可愛さも極まれりではないか。A子は次に言った。

「乾き物はあるの？」

何よりも先に「乾き物」と言う発想が貧しくて、泣けてくるではないか。私はすぐに答えた。

「あるある！　仙台の牛タンジャーキーもあるし、ピーナツもあるし、柿の種もあるわ」

「そんなにあるの？」

「うん。サキイカとホタテの薫製もある」

「すごい……。あなたの食生活って充実してるのね」

「そうなのよ。私ってチンパーティを主催したりする割には、こう見えても食生活に手を抜けないタチなのよね」

後でよく考えるに、どこが「食生活の充実」かと思ったが、私とA子は大真面目である。少なくとも、私は「乾き物の食生活」は充実していて、手抜きがないことを、A子によって確認させられたのであった。

しかし、ここからがA子の本領発揮である。乾き物の充実を、「食生活の充実」と言うレベルに驚いていてはいけない。A子は無邪気に言ったのである。

「私、パスタ持って行く」

驚いたのは私だ。

「パスタ？　ちょっと、ナマのパスタなんか持ってくるのやめてよね。茹《ゆ》でたりするの、イヤだからね」

「わかってるわよ。そんなこと考えてないって」

A子は某町においしいパスタの店があると言い、

「頼めばテイクアウト用に作ってくれると思うの」

と言う。私がさすがに、

「でも、パスタなんか持って来たら、のびない？」

と言うと、A子は力一杯に答えた。

「ヘーキ、ヘーキ！　うどんやラーメンと違って、パスタは汁物じゃないからのびないのよ」

「え……そうなの」

「うん、たぶん」

「だけどA子、パスタって時間がたつとくっついて硬くなるわよ」

「ヘーキよ。くっつく前に酔っ払っちゃえばワケわかんないから」

何という大物ぶり。

そして当日、A子はプラスチックの器に作りたての「明太子パスタ」を詰めて、胸を張ってやって来たのである。私はといえば、ここは掟破りでも致し方ないからと、フライパンとオイルを用意して待っていた。私の自宅に着くまでに、パスタはくっついているはずで、もう一度火を通すしかないと思っていた。

しかし、到着したA子は、

「へーキ、へーキ。チンすりゃオッケーよ」

と言う。そして、チンしたら、何とくっついたパスタはアッという間に離れてしまった。あぶった海苔をかけると、ほとんど作りたてのおいしさである。私とB子は、A子によって改めて「チン」の偉大さを確認させられたのであった。

そこでだ。今年の猛暑を何とか乗り切った世の女たちに、秋を迎えるための「チンパーティ」をおすすめする。気の合う女友達だけで集まり、ゆっくりおしゃべりして、おいしく飲んだり食べたりするのは、活力回復に絶対の妙案である。

ほとんどすべての「できあい料理」は、チンで大丈夫！　何しろパスタまでイケたし、過去には掟に従ってシシャモまでチンで焼いたことがある。

A子とB子は深夜まで、チンパーティをゆっくりと楽しみ、帰って行った。そして翌日、二人から連絡が入った。

「見知らぬ小びんがバッグの中に入ってたんだけど、あれ、何？」

私がお土産に渡したワサビ味噌を、二人は酔っ払って全然覚えていないのだ。口をそろえて「気分よく酔ったわァ」と言われ、今年もいい夏が終わった。

氷川きよしの魔力

九月六日の夜、武道館の「氷川きよしコンサート」に行ってきた。

彼の人気たるや大変なもので、道路は渋滞するし、会場は一万二千人の超満員。ファンは圧倒的に中高年女性で、その熱気でクーラーがほとんどきかない。

だが、いかなる時でも中高年女性というのはパワフルなものだ。「きよし君Tシャツ」や「きよし君半てん」で身をかため、片手にハートのペンライトを持ち、片手に「きよし君うちわ」を持ち、ワッセワッセとあおぎながら、始まる前からお祭り気分だ。

私の斜め前の席には、きよし君を発掘して育てあげた作曲家の水森英夫先生がいらしたので、ご挨拶したのだが、水森先生はきよし君ファンに取り囲まれ、サイン攻めである。すると、私に気づいた女性たちが、

「内館さんもきよし君が好きなんですかッ！　もう嬉しいです。サインしてッ」

と口々に言う。彼女たちは私が好きなのではなく、「きよし君を好きな内館さん」が好き

なのだ。「きよし君を見つけて育ててくれた水森先生」が有り難くてたまらないのだ。すべてがきよし君中心の思考で、こういう臆面のなさが、私はとても好きだ。これは、中高年女性特有の大らかさではないだろうか。

私は小林旭さんが好きで、鳥羽一郎さんが好きで、舟木一夫さんが好きだが、私が知る限りでは、旭さんのファンは中高年男性が中心だ。鳥羽さんは中高年男性と女性が半々といったところだろうか。舟木さんはもう圧倒的に中高年女性が核である。いずれの女性ファンも、コンサート会場で私を見つけると、すごく優しくしてくれて、あったかく話しかけてくれる。みんな「舟木さんを好きな内館さん」に優しくしたくて、「鳥羽さんを好きな内館さん」にあったかくしたいのだ。しかし、男性ファンは屈折しているというか、複雑だ。会場で私を見ると、一瞬「へえ」という目になる。それは、

「わざわざ来るんだから口だけじゃなくて、ホントにファンなんだな」

という目だ。そして、すぐに目をそらす。男心はシャイで面倒くさいものだ。

きよし君のコンサートには、大らかで開放的な中高年女性が一万二千人であるからして、その盛りあがり方にはドギモを抜かれた。

まず、会場が真っ暗になると、ピンクやブルーのハート形ペンライトが揺れ、満天の星のきらめきに、揺らしている本人たちが「きれい〜」と感激しているのだから世話なしだ。そ

して、「キャー」「きよしく〜ん！」という声がグワングワンと響く。しつこいようだが、中高年女性中心である。きよし君は演歌歌手である。十代の少女がロック歌手に騒ぐ時でも、この数のペンライトはあるまい。ゆうに一万本は揺れていた。中高年女性はお金があることを証明している数だ。

私がさらに驚いたのは、掛け声だ。例えば、きよし君が『純子の港町』で、

〽帰って来たんだよ

と歌うと、間髪を入れず、

「お帰りきよし！」

と、一万二千人がいっせいに叫ぶ。きよし君が、

〽あの娘《こ》は何処にいる

と歌うと、すぐに、

「ここにいるきよし！」

と一万二千人の掛け声である。一万二千人は全国から集まっており、掛け声の合同練習もしていないであろうに、たいしたものだ。

私はステージを見ながらこの「演歌の貴公子」が女をとらえて放さない魔力は何なのかと考えていた。

彼は大スターになった今も、態度がデビュー前と何も変わらないという話は音楽業界の人からよく聞く。ファンに対する態度にしても、ギャルにも老女にも、まったく同じという話もよく聞く。こういう人間性は愛される理由だろう。

また、歌のうまさもある。コンサートでも『白雲の城』などは、もうあっ気にとられるほどうまかった。

さらには貴公子系の顔、スラリと長身の華奢《きゃしゃ》な肢体も好まれるだろうが、私は彼の突拍子もない言葉が、女たちの母性に訴えることも理由のひとつだと思う。

コンサートでも、会場の四方に頭を下げ、

「応援して下さってありがとうございます」

と礼を言う。ここまでは普通だが、しみじみと、

「皆さん、血のつながりもない僕をこんなに応援して下さって……」

と言うから、会場は爆笑と拍手かっさいである。また、誕生日を祝って、ステージにケーキが運ばれ、会場が「ハッピーバースデイ」の大合唱になると、彼は、

「すみません。こんなにチヤホヤして頂いて」

と言うから、これも爆笑だった。こういう時に「チヤホヤ」という言葉は、なかなか出ないものである。

私は二〇〇三年に月刊『潮』で、きよし君と対談しており、その時に感じたのだが、彼は「受け」を狙って言葉を組み立ててはいない。それなら「天然ボケ」かと問われると、そうとも言い切れない。彼は心の中にあふれる感情を表現したいのに、言葉の選択が追いつかないような印象を受けた。昨今の男たちは饒舌《じょうぜつ》でセルフプロデュースにたけているだけに、逆の氷川きよしは女たちの心をキュンとさせるのだと思う。

そして私は今でも、彼が対談の中で語っていた一言を鮮烈に覚えている。狭い部屋で父と母にはさまれ、川の字で眠っていた時代を振り返り、こう言った。

「(自分は) 無敵だと思ってました」

貧しくとも両親の愛情を存分に感じ、「自分は無敵」と思っていた少年。その経験が、彼の魔力の根幹を成しているのかもしれない。

タプタプ・ドン

ある夜、女友達から電話が来た。

「ちょっとォ、タイトルにつられてアナタの本なんか買っちゃったわよ」

ずい分な言いぐさではないか。「アナタの本なんか」とは……と思ったが、私は彼女がどの本を買ったかすぐわかり、言った。

「文庫ね、講談社の」

「何でわかるのよ。私が陰で『オバサン』って呼ばれてるって言いたいの？」

この本のタイトルは、『あなたはオバサンと呼ばれてる』というものだが、内容は「どうしたらオバサンくさくならないか」というノウハウを、古今東西の映画から学ぼうというものので、私はこの本のために、三十六本の映画をビデオで観た。ファッションから生きる姿勢まで、何度もビデオを巻き戻してはチェックすると、「大人のいい女」と「オバサン」の違いが見えてくる。我が身と重ねてゾッとしつつ、面白かった。昔から「映画は人生のお手本」と言われるが、「映画はオバサンのお手本」でもある。

女友達から電話があったその夜、私はちょうど試写会から帰ってきたところだった。その映画がまた「オバサン化防止」のノウハウを含んでいるものだったのである。フランスのミュージカル映画『巴里《パリ》の恋愛協奏曲《コンチェルト》』で、洒落《しゃれ》たコメディだ。主役はオバサンである。それも老若を問わず男にもてもてのオバサンだ。彼女を前にすると、若くてキュートな小娘なんぞ歯が立たない。

オバサンを演ずる女優はサビーヌ・アゼマ。一九四九年生まれというので、今年で五十五歳の女優だ。

が、このサビーヌ・アゼマが全然オバサンくさくない。「大人のいい女」だ。もちろん、実業家の夫を持つ有閑マダムという設定だし、すばらしい服と装飾品ばかりを身につけているのだが、そういう女であっても、オバサンくさい人はいる。

どうして、サビーヌ・アゼマがオバサンくさくないのか、私は深い思考をめぐらしながら試写会のスクリーンをにらんでいた。

ハッキリ言って、彼女の上腕は肉がタプタプしている。ソファにのけぞるようにして、激しい恋を願う歌を歌っているシーンでは、私はタプタプばかりが目につき、「うーん、五十代だ」と思った。

さらにだ。総スパンコールのまばゆいほどの真っ赤なロングドレスは、実によく似合い、美しい。が、ハッキリ言って、腰とお腹回りはドンとしている。

つまりだ。こういうタプタプ・ドンの女でも、オバサンくさくならないという証拠だ。タプタプ・ドンでも、「大人のいい女」になれるということである。これは世のタプタプ・ドン女にとって福音ではないか！

一方、キュートな小悪魔のような若い女に扮するのは、オドレイ・トトゥ。一九七八年生まれの彼女は、顔は小さいし、肌はツルツル、上腕もお腹もぜい肉ひとつない。その美しい肢体を、一九二〇年代のファッションで包むのだから、それはそれはきれいだ。

ところが、二人を並べると、どうもオバサンの方が魅力的に見える。トトゥが演ずる若い女は、つきあったら三日であきそうだなと思える。そして、もう一人女が出てくるのだが、彼女はオバサンの妹で、「オールド・ミス」。今や差別語のこの言葉だが、何しろ一九二五年が舞台なので、何十回と叫ばれる。イザベル・ナンティが演ずるこの女は、これはもうオバサンっぽい。妹なのに、姉とは比べられないほどオバサンだ。

なぜだろうと考えて、わかった。この「オールド・ミス」は上腕がダプンダプン、腰とお腹回りがドッカーンなのである。

つまりだ。女はタプタプ・ドンまでは何とか「いい女圏」にいられるが、ダプンダプン・

ドッカーンになると「オバサン圏」に突入ということだ。その「オールド・ミス」は動きが鈍そうで重そうで、挽《ひ》き臼《うす》が服を着ているようである。それに挽き臼は地味だ。考えてみても、派手な挽き臼なんてない。オバサンくさくならないためには、タプタプ・ドンでとどめるべく努力が必要だと、私は試写室で自分に誓ったのである。

もうひとつ、姉と妹の大きな違いに気づいた。姉の方は「自分を諦めていない」のだ。人妻ではあるが、男の視線を集めるためにも、もっと面白い人生を求めるためにも、手にしたものを失わないためにも、とにかく果敢だ。そういう女は、化粧でもファッションでも冒険するし、手抜きをしないから華やかだ。

一方の「オールド・ミス」の妹は、暗くて無口で控えめで、損な役回りばかりを引き受ける。ああ、私自身とそっくりではないか。そうなの、「オールド・ミス」とはこういうものなの……。

つまり、妹の方はどこかで自分を諦めているから、化粧もファッションも姉に比べると地味だ。諦めは女を老けさせるものだと思う。

そして、もうひとつの大きな違いは、三人の女の中で、姉だけがとびっきり表情が豊かなのである。トトゥが演ずる若い女は、あまり表情がないため、何だか頭の回転が悪そうに見え、これでは三日であきると思わされるのだ。「オールド・ミス」は、諦めのせいかあまり笑わない。「暗い挽き臼」に近寄る男はいまい。

その中で、最もオバサンの姉が、喜怒哀楽の表情が最も豊かだ。豊かな表情というものは、美醜や老若を越えると実感させられる。

結局、すべては「人生を諦めない」ことから派生しているものであり、それはタプタプ・ドンをも超えるのだと、私と女友達は結論づけたのである。

ビル街の「靴磨き」

九月中旬のある日、大手町を車で走っている時、靴磨きのおじさんを見た。

私は大相撲の期間中は、毎日のようにこの道を運転して国技館に通っているが、「靴磨き」に気づいたのは初めてである。

ちょうど信号が赤だったので、私はしばらく眺めていたのだが、それは何だか映画のワンシーンのようだった。

大手町はオフィスビルが林立する町であり、おじさんはそんなビル前の木陰に座っていた。ちょうど地下鉄大手町駅の出入口の近くであり、アタッシェケースを提げたビジネスマンや、携帯電話で話しながらのキャリアウーマンが忙しく出入りしている。

そんな喧噪《けんそう》の中で、おじさんは周囲とはまったく無関係に、キュッキュッと布をすべらせて、靴を磨いていた。残暑の陽に照らされた木々の葉が、おじさんの上に影を作り、三十代の客は笑いながら話しかけている。周囲は二十一世紀の都心のスピードで動いているのに、そこだけ時間がゆったりしているような、それでいて周囲にしっくり溶けこんでいるような、不思議なシーンだった。

私は国技館に向かってハンドルを切りながら、消えてしまった職業や激減している職業のことを考えていた。「靴磨き」という職業も、私が子供の頃には珍しいものではなかった。どこの駅にも靴磨きのおじさんやおばさんがいたし、大きな駅にはズラーッと並んでいたのをよく覚えている。

そして、もう絶滅に等しいであろう職業として、私は四、五年前に、浅草の雷門で「羅宇《らう》屋」を見かけたことがある。仲見世の入口の大きな赤い提灯の下にいた。「羅宇」とは、キセルの吸い口と火皿をつなぐ竹の管のことで、それを取りかえたり、掃除したりするのが「羅宇屋」だ。

明治や大正時代の文学、随筆にはよく出てくるが、私は一度もナマを見たことがなかった。子供の頃も見た記憶がない。それが平成時代に見たのだから、正直なところ、感動した。羅宇屋のお爺さんは、明治・大正文学に出ていた通り、「ピー」という音をさせながら、道具を積んだ自転車をゆっくりと引いていた。焼き芋屋の「ピー」とよく似た音だった。

私はあれから何十回となく浅草に行っているのに、その後は一度も見ない。もちろん、他の町でも地方都市でも羅宇屋を見たことはない。

私は東京の大田区で育ったが、商店街の外れに「鍛冶屋《かじ》」があった。私が高校生の頃までは確かにあったはずで、昭和四十年代前半には、まだトンテンカンと金属を打っていたのだ。今は跡形もなく、マンションが立っている。「貸本屋」も「銭湯」も、私が高校生くらいまでは町に何軒もあったが、今はない。

時代や生活などの変化によって、消えたり激減したりという職業の何と多いことかと思う。たまたま、吉永みち子さんから電話があったので、そんな話をすると、彼女は言った。

「『コウモリ傘直し屋』っていうのもあったよね。鋳掛《いか》け屋もいたたし、掛けはぎ屋もあったわよ」

そう、あった。考えてみると、「修理屋」のジャンルが減っているのだ。今の時代、鍋や釜に穴があけば、捨てるのが普通で、修理に出すことはまずない。また、昔の鍋釜と違い、今はテフロン加工だのステンレス製だのと高級になり、鋳掛け屋のハンダ付けでは修理になるまい。

私は「掛けはぎ屋」の娘が小学校のクラスメートにいた。父親がいなくて、母親が掛けはぎで二人の娘を育てていた。もっとも、今でも「リフォーム屋」では掛けはぎをやってくれる。ただ、びっくりするほど高い。昔と違い、普段着はつぎを当てて修理するより、新品を買う方が確かに安いかもしれない。

私が吉永みっちゃんに、

「ナイロンストッキングの『伝線直し屋』もあったわよね」

と言うと、同年代なのに彼女はそれを知らなかった。私が中学生か高校生かという頃までは、都内ではよく見たし、私の住む町では駅前にあった。伝線したストッキングを持って行くと、おばさんがほつれたナイロン糸の数を調べる。一本二十円だか三十円だかで修理してくれるのだが、新しいナイロン糸を通す作業は大変だったろう。だが、ナイロンストッキングが出始めた頃であり、新品は高価だったのだと思う。

みっちゃんとも話したのだが、「衛生面」で消えた職業ジャンルも多い。何しろ、今はパンでもアメでも一個ずつ包装され、日本人は人の手が直接触れることを嫌うようになってしまった。当然ながら、食品の多くはスーパーマーケットで適正かつ清潔に管理されることが好まれ、町を流す物売りの声など、ほとんど消えた。

こうして二人で初秋の夜に郷愁にひたっていると、みっちゃんが突然言った。

「しかし、私は何に郷愁を覚えたかといって、あなたがズボンを『寝押し』してるのを見たことだったね」

この夏、イタコ（死者の言葉を伝える巫女）に会うため、彼女と青森を旅した時、私は麻のパンツスーツを着ており、ズボンがすぐシワになる。そこで、日本旅館の夜はせっせと寝

押していたのだ。彼女は、

「ホント、感動したわ。『寝押し』なんて行為があったことさえ忘れてたもんなァ。ホント、この時代に寝押ししてる人、初めて見たよ」

と言う。そこから二人で中高生時代は毎晩、制服のスカートを寝押しした話になり、イタコという職業も激減しているという話になり、長電話は終わらないのであった。

ガツン！　も必要だ

少し前の話だが、私のいる仙台に、東京から仕事関係者のA氏がやって来た。彼が泊まっているホテルで一緒に朝ごはんを食べようということになり、私はそのホテルに向かった。レストランは上の階にあり、エレベーターに乗っていると、客室階から男の人が一人で乗ってきた。年齢はたぶん、四十代半ばか。全然知らない人だが、狭いエレベーターの中で目が合ったので、私は、

「おはようございます」

と言った。ところが彼は挨拶を返さないばかりか、うなずくこともせず、黙って立っている。

すると、次の階でA氏が乗ってきた。彼は私に「おはよう」と言って片手を上げた時、その男と目が合ったのだろう。その男にも、

「おはようございます」

と言った。何と、またも男は無言である。するとA氏、あきれたように大声で言ってのけた。

「あれェ!?　この人、挨拶できないんだァ」

その男はこういう出方をされるとは思ってもいなかったのだろう。次の階で逃げるように降りた。男はたぶん、レストランに行くつもりだったと思うが、客室階で逃げ降りるしかなかったのだろう。

A氏のおかげで、溜飲が下がったとはいえ、不快な出来事だった。私は読売新聞の宮城版にもこの話を紹介し、県民の名誉のために、「その男は宿泊客らしいので、仙台の人間ではないだろう」と書いたが、老若男女を問わず、地域を問わず、昨今の日本人は本当に本当に挨拶ができない。

こんなことを思い出したのは、十月九日の『朝日新聞』に、東京の足立区立五反野小学校の三原徹校長が「あいさつ運動」に取り組んでいると出ていたからである。三原校長は都内初の民間人小学校長で、「地域と一体になって子供を育てていく」という気概が、紙面からも伝わってくる。

この「地域と子供」ということに関して、私は今も思い出すテレビ番組がある。今年に入ってからの放送だったと思うが、ＮＨＫの『ご近所の底力』という番組で、その回は子供を犯罪から守る方法を、町内会で話し合っていた。その結果、子供の登校・下校時間には外に出て、目配りと声かけをしようと決めたのである。

町内の大人たちは、従来は別の時間にやっていた外の掃除やスポーツなどを、わざわざ子供たちの登下校に合わせ、「おはよう。気をつけて行きなさい」などと声をかける。朝が遅い仕立て屋さんは、下校時間になると仕事場の窓を開け放し、アイロンがけをしながら、「お帰り」と声をかけるなど、町内の大人たちはあたたかな笑顔で、子供たちに声をかけ続けた。

が、子供たちは女子中学生らしい一人を除き、誰もが一切挨拶を返さない。自分から挨拶するどころか、「おはよう」とか「お帰り」とかを目の前で言われても、まったく返事をしないし、無言の会釈さえしない。

私は絶望的な気持ちで番組を見ながら、子供を犯罪から守ることも大切だが、「挨拶を返せ」と教えるところから「ご近所の底力」が必要だと思わざるを得なかった。

仙台のエレベーターの男のように、「挨拶できない大人」がどうしてこうも増えたのかはわからない。だが、子供に関して言えば、やはりガツンと躾《しつけ》をすべきところで、ガツンとやらなかったからではないか。「ガツン」というのは、殴る蹴るの暴力と誤解されては困る。そうではなく、子供にやるべきことを教え、子供がそれをやらなかったなら、ハッキリと叱って、やり直させるべきではないかということだ。

先の『ご近所の底力』でも、無言の子供を叱る大人はいなかった。そういう時に、

「挨拶されたら、必ず挨拶を返しなさい。もういっぺん、やり直しだ」

と言うことが、私の「ガツン」の意味である。

私はこの二月から、国技館内の相撲教習所に通い、新弟子教育をつぶさに見ているが、とにかく挨拶には厳しい。

挨拶や礼儀を教えるのは、教習所専従の親方四人と十人以上の兄弟子たちだ。新弟子は「力士の卵」とはいえ、ごく普通の家庭で育った現代っ子が多く、教習所に入ってきた週はほとんど挨拶ができない。「相撲史」や「運動医学」など学科の教師は大学の錚々たる名誉教授陣だが、新弟子たちは国技館内で会っても、まともに挨拶できない。もちろん、親方と会っても、私と会ってもだ。頭を下げたような下げないような、挨拶の言葉をつぶやいているようないないような、そんな状態である。

ところが、一週間で劇的に変わる。相手の姿を見るなり、すぐに大声で挨拶するばかりか、頭の下げ方も立ち方も、目の合わせ方もみごとにピシッとなる。そればかりか、人の前を通るときは、

「前を失礼致します」

と言い、稽古場の出入口では、他人が脱いだ靴や下駄までもごく自然にそろえていたのには驚いた。

これはもう明らかに、教習所の躾が「ガツン」だからである。何度でもやり直させるし、繰り返して叩きこむからである。ある時など、取材のテレビクルーの挨拶がなってないと、親方はやり直させた。次の日から、彼らはきちんと挨拶できるようになったのだから、たいした効果だ。

もちろん、相撲の新弟子と地域の子供たちを同じに論ずる気はないが、ただただ優しい指導だけでは、効果が出る前に地域の大人が疲弊してしまうと思う。

女の自信

ＴＢＳテレビの『ジャスト』という番組の中に、「辛口ピーコのファッションチェック」なるコーナーがある。

これは服飾評論家のピーコさんが、町行く一般女性のファッションやコーディネートをチェックし、アドバイスするものである。私は毎回見ているわけではないが、見るたびに「女の自信」に驚かされる。モデルのように堂々とポーズはとるし、自分の当日の洋服についてのコメントは自信満々。

「私はすごく若く見られるので、いっそ今日はギャル風にまとめてみました。ピーコさーん、ファッションチェックお願いしまーす」

なんぞとぬかして、タレントのように笑顔をきめる。画面に（38歳）などとその人の年齢が出るのだが、どう見ても三十八歳にしか見えないのに、本人だけは二十代に見られていると思い、肌を露出させ、ピタピタのミニスカートなんぞはいているわけだ。むろん、これは私が作った例で、こういう人が実際に出たわけではないが、少なからずの人が、こんな自信だ。ピーコさんは髪から靴まで厳しくチェックして、たとえば、

「若い子のように肌の露出はやめなさい。若く見えるってお思いのようだけど、ご自分で思っているほど若くは見えません」

と一刀両断。見ていてヤンヤヤンヤの私である。

そんなある日、私の母が、

「週刊誌に○○さんの写真が出ていたけど、近くに牧子も写っていたわね」

と言う。私は○○さんとご一緒したことがないのにと思っていると、母が、

「サングラスかけた牧子が写っているわよ。ほら」

と週刊誌を開いた。

このときの衝撃をどう説明したらいいだろう。そこに写っていたのは私ではなく、まったく見知らぬ、どこかのオバサンであった。確かにサングラスは私が愛用しているものに似ていたが、私にしてみれば、写真の彼女は、

「このレベルと一緒にしないでよ」

と言いたいタイプなのだ。しかし、実母が間違ったのであるからして、私は「このレベル」だということではないか。地獄だ……。

その夜、私は「辛口ピーコのファッションチェック」に出てくる女たちをせせら笑うことはできないなと反省しつつ、どうして女というものは、自分を冷静に見られないのかと、深い思考をめぐらしたのである。

たとえば、以前に女性誌に登場していた読者は、

「私はエレガントな髪型がいいみたい。顔がほっそりして細長いから」

と語っていたが、写真を見ると単にKABA．ちゃんに似ているだけだった。

また、別の読者は、

「私って体つきが華奢だから、明るい色を着ないと淋し気になるの」

と語っていたが、華奢だの淋し気だのではなく、単に貧相な女だった。

地下鉄の中で会話していたOL風二人は、大声なので話が全部聞こえてきた。

「要はウチらを仲間外れにしたいわけよ。やっぱりウチらが加わると、自分たちが目立たなくなるとか思ってんじゃないの？」

「アンタは背もあるし、脚も長くてモデル体型だもの、やっぱ目立つよ」

「あら、アンタこそ色っぽいよ。色は白いしサァ」

お互いを讃えあう友情はすばらしいが、私はチラと見て沈黙した。モデル体型というよりは電柱のような女と、色っぽいというよりは白アザラシのような女が立っていたのである。

二人とも、相手からのほめ言葉を決して否定しなかったので、モデル体型と色気に自信があるという証拠だろう。

それから間もなく、放送作家の山田美保子さんが、『週刊新潮』の連載エッセイの中に書いていた。

「久々にピーコさんと会ったら、『あら、アンタ老けたわね。それに太ったわねえ』と言われた」

という内容で、そう言われてショックを受けたことと、ダイエットを始めようと決心したとあった。きっと山田さんも、ピーコさんに言われるまでは、私と同じに「自分に甘いチェック」をしていたのだろう。さらに彼女は、翌々週のエッセイにも書いている。

「何よりみっともないのは、自分から『私、やせたの』と声高に言うことである。周囲は誰も『やせた』と認めていないのに、本人だけがそう思い、自分から言うのは本当にカッコ悪い」

という内容だった。ピーコさんの一言によって、山田さんは「自分に辛《から》いチェック」の重要性に気づき、自分からアピールする恥ずかしさに目覚めたのだ。きっとそうだ。そうに違いない。山田さんは何て偉いんだろう。自分から「やせたの、やせたの」とアピールするのは、他人のほめ言葉を無意識のうちに催促しているのである。たとえば、

「どうりできれいになったと思ったわ」の類の強要だ。しかし、その強要は無意識なので、本人は相手が自発的に言ったものと見なすわけだ。まして、相手が内心で「全然やせたと思えないけど、ま、社交辞令でほめとくわ」などと考えているとは夢にも思わない。他者の自発的なほめ言葉は、自己採点にプラスとして加算されるのであるから、自分のレベルは際限なく上がる。やはり、自己採点の半分くらいが正当だと思うべきだろう。

さらに、時々は他人にピシャリとやられる方がいい。その意味では「辛口ピーコのファッションチェック」は貴重な番組だ。そして、私も山田さんのように目覚めようと誓い、実母が娘だと思ったオバサンの写真を週刊誌から切り抜き、冷蔵庫に貼った。見るたびに「このレベルか……」と食欲がなくなり、ダイエットに最適である。

薄幸な鍋

私はテレビ番組にはめったに出演していないのだが、なぜか町で、

「内館さん、いつもテレビで見ています」

と言われる。どうしてかと不思議に思っていると、電車内で男の人に声をかけられた。

「イヤァ、あなたを見ると反射的に朝青龍を思い、『内館さんに怒られないよう、ちゃんとやれよ』と思ってしまうんです」

それでわかった。みんな私が横綱審議委員会の後で朝青龍に関して話すのを、テレビで見ていたのだろう。これは審議委員会の終了後に、色んな局のカメラとマイクが差し出されるもので、「番組に出演」という形ではないのだが、視聴者にしてみれば同じことだ。ということは、常に怒っている私が全国に流れているのね……。朝青龍は大好きなんだけど、怒らせることばっかりやるんだもの。本当の私はすっごく気が弱くて、思いやりがあるのに……。

そこで、私はNHKの料理番組に出ることにした。真の私の姿を見て頂くためにである。

というよりも、引っ込みがつかなくなったのである。

ことの起こりは、NHKの『食彩浪漫』のプロデューサーの倉森京子さんから電話が入ったのだ。彼女とは昔はよく仕事をしたが、ここ何年も年賀状だけ。そこに懐かしい声が聞けて、大喜びする中、敏腕な彼女はサラリと、

「『食彩浪漫』に出て!」

と言った。気の弱い私だが、すぐに断った。料理は嫌いだ。すると間もなく、月刊『食彩浪漫』の中野編集長からも依頼された。彼は仕事仲間というよりは、気のおけない遊び仲間であるだけに断りにくいが、料理番組なんて恥ずかしい。私は「料理」と聞くだけで、結婚適齢期の頃のトラウマが目をさます。あの頃、結婚狙いの女たちは男を見ると、

「アタシ、お料理が趣味なんですぅ」

と色目を使った。が、私は、

「アタシは大相撲と小林旭が趣味だよッ」

とガンを飛ばしていたので、売れ残ったのである。そして、女たちは男を見ると、

「アタシ、海が見たいの。お弁当作るから連れてって」

と腕を取った。が、私は、

「アタシ、相撲が見たい。邪魔だからついて来るな」

と腕を払ったので、売れ残ったのである。「料理」と聞くだけで、あのクネクネした女たちを思い出してウンザリするわけだ（彼女たちも五十代になり、くたびれた夫のために、もはや料理は作るまい。よしよし）。

とにかく断る私に、倉森さんと中野さんは、新たな提案をしてきた。

・内館は番組内で独自の料理をプロデュースする。
・番組内でその料理を作るのはプロの料理人。
・プロの料理人は、内館なじみの仙台の店から。
・収録、ロケはすべて仙台。

もう完璧な提案ではないか。地元の仙台で収録となると、「学業が忙しくて」とも言えない。

気が弱くて、思いやりのある私は、ついに番組に出ることにしたのである。そして、仙台の立町にある居酒屋『侘び助』の女将と親方にお願いし、私のオリジナル料理を作ってもらうことにした。この店は三陸など宮城の食材と地酒がおいしくて、安くて、私は東京からの来客はほとんどここに連れて行く。

私のオリジナル料理というのは、これからの季節にぴったりの鍋料理で、「薄幸の小雪鍋」と名づけた。倉森さんも中野さんも、この名を聞いた時はのけぞっていたが、名前にこめたドラマを語ると、涙にむせんでいた。

小雪とは女の名である。小雪は幼い頃から幸薄く、今は気仙沼で小さな居酒屋を開いている。バカな男にだまされて、宮古、釜石、気仙沼と流れてきた。そう、森進一唄う『港町ブルース』の世界だ。小雪はだまされた男を今も信じ、じっと雪国で待っている。窓の外、今夜も雪が降り続く。男は来ない。小雪の春は、ああ、いつ来るの……。

こういう悲しいドラマを私は鍋化したのである。悲しいドラマのわりには、仙台の芋煮と追手風部屋のチャンコを合体させた豪快なものだが、これは小雪の惚れた男が豪快なタイプだったためで、すべてドラマに根ざしているのである。

〈作り方〉

①サンマでツミレを作る。ツミレの中には、黒粒胡椒《こしょう》を丸いまま入れる。

②鍋にダシを入れ、野菜、キノコ、里芋、コンニャク、ツミレを入れる。

③仙台味噌で味つけする。

ポイントはここからである。鍋の具が見えないほどの大根おろしで表面を覆《おお》うのだ。真っ白な大根おろしは雪をイメージしている。これは多いほどおいしいので、私は自宅の来客には大根を手渡し、おろさせてしまう。もっとも、彼らはあまりに多い大根おろしに、

「これじゃ小雪鍋じゃなくて、豪雪鍋だよ」

　とあきれるが、白ゴマや梅肉などの薬味で食べると、本当においしい。ツミレの中の粒胡椒が口の中ではじけて辛い。これは小雪の薄幸なつらい人生を象徴しているのである。

　詳しい作り方は、十一月十四日（日）午前十一時半からの放送をご覧頂くか、月刊『食彩浪漫』十一月号をお読み頂けばいいのだが、番組の中で、私はやはり気弱くて思いやりにあふれた真の姿は、お見せできなかったわ……。鍋がグツグツ煮えるうちに「小雪鍋」は「ぬかるみ鍋」になり、悲しいドラマを語ると司会の上田アナも女将も爆笑するばかり。ついには私も涙を流して笑いころげ、幾つになっても料理には不向きな私こそ薄幸でございます。

盲学生の弁論大会

『点字毎日』という新聞をご存じだろうか。目の不自由な方たちが読むための、点字で打ち込まれた週刊紙で、一九二二年（大正十一年）に大阪毎日新聞社（現在の毎日新聞社の前身）が創刊。現在まで実に八十二年間も続いている。

その『点字毎日』などが主催する「全国盲学校弁論大会」は一九二八年（昭和三年）に始まり、今年まで七十三回。私は今年初めて、全国大会の審査員として、都立文京盲学校で盲学生の弁論を聴いた。弁士は各地の予選を勝ち抜いた九人であり、高レベルは当然だが、驚くべき発見が幾つもあった。

真っ先に驚いたのが、盲学生たちの言葉の美しさである。弁士ばかりではなく、一般学生もみんな、言葉と口跡がきれいなのである。これは、聴覚をとぎすまして生きているからではないだろうか。つまり、視覚でカバーできない分、意思を正しく伝達するためには、きれいな言葉をくっきりした口調で語るようになるのだと思う。私は先日、テレビで若い女が、

「ウティラガカンパルカラタイチョーブ！」

と語っているのを聞いた。画面のテロップに、

「うちらが頑張るから大丈夫！」

と出たので理解したが、昨今の若い女たちの、舌足らずを演出するこの口調は、視覚障害者はまずやるまい。彼女らに一度、盲学生の弁論大会を聴かせてはどうだろう。

もうひとつ驚いたのが、九人中二人の弁士が、

「自分より困っている人たちの役に立ちたい」

と語り、現実に実習を生かしたボランティアを考えていることである。普通、健常者は、「障害者が他人の役に立ちたがっている」とは考えないのではないか。私自身は今まで「障害者は守られる側」と一面的に考えていただけに恥じた。彼らの中には、学校で習得した技術と「役立ちたい」という意思により、「守る側」に回ることが可能な人が数多くいるはずである。これは世の多くの人たちに気づいてほしい。

もうひとつ驚いたのは、弁士たちが幾度となく手術を受け、苦しい治療に耐えてきたことである。「十五回の手術」とか「手術と再発の繰り返し」という言葉は、私の予想をはるかに超えていた。視覚に限らず、体に障害を持つ人たちは大人であれ子供であれ、健常者には予想もつかない治療を乗り越えてきたのだと、改めて気づかされた。そういう人たちが自分

を支える言葉には、大きな説得力があり、九州代表の荒武あずささんは、重なる手術に耐えながらも回復が進まない最中に、教師から、

「急ぐ必要はない。あなたの速さで歩けばいい。あなたがあなたでいればいい」

と言われ、力が湧いたという。北陸代表の松島加寿美さんは、二人の子供の母親。二年半前に完全失明して、死をも考えた。だが、彼女は自分の体験から、明るく言った。

「負けそうな時は大切な人を思い出せ」

一方、こんなにも凜々しく生きている人たちをいじめる健常者が、いまだにいるのである。しかし、どんな状況にあっても、彼らは自分で決断する。十五歳の近畿代表の田中正浩君は何の恨みもこめず、とても自然に語った。

「僕は普通学級で、たくさんの嫌がらせをされましたが、小学校六年になると、それはさらにひどくなりました。なぜ僕だけいじめられるのかなと考えると、目が悪くてみんなと違うからだなと思いました。僕は自分で盲学校に転校を決めました」

九人の弁士が、語りたくない心境をも語れるようになるまでに、どれほどの苦しみがあったことだろう。その強靭《きょうじん》な精神力は、きっと他人の役に立つはずである。

そして、今回の弁論大会からさかのぼること七十二年前、昭和七年大会で優勝したのは熊谷善一さんであった。その名弁論は今も語りつがれていると聞いた私は、『点字毎日』の眞

野哲夫編集長にお願いし、それを読ませて頂いた。深い言葉が幾つもあり、現在の視覚障害者のよりどころとなっているという。

「人生の根本源泉ともいうべき精神生活の中に、常に我らは永遠の光を追うてあこがれる理想を有しているのであります。永遠の光とは何であろう。これこそ太陽も照らさず、月も星も、また電光も輝かないところに存するひとつの光であります。一切の事物といえどもこの輝けるものの反映であり、またこの力と光によって宇宙をも照らされているのでありますす」

この考え方には晴眼者も失明者もない。「ひとつの光」を見ることができる人は、視覚がどうあれ、深い精神生活を送っている人なのだと思わされる。

「人々が視覚を通じて意識したる人生観、生命観、世界観そのものと、我らが視覚を通ぜずして意識したる人生観、世界観あるいは直接我らの心に投影し、我らの魂を躍動させているところの現象社会と、その両者の根底において果たして幾ばくの相違があろうか」

先の「ひとつの光」を見ている人であれば、視覚を通じようが通じまいが、何らの差はないという説得に力がある。そして、

「たとえ視覚の自由を失ってもなお、我らの魂によって最も深い意味においての大自然の姿を完全に認識することが出来うると思います」

とつなげる思索は、晴眼者をも勇気づける。七十二年を経ても、この弁論が人々の力になっているように、今回の弁論もきっとそうなると思う。

もう一度キャンパス

この十一月に、『日本経済新聞』に原稿を書いたところ、団塊世代読者を中心に思いがけないほどの反響があり、驚いた。日経新聞のせいか、ほとんどが男性読者からのものである。

その原稿は「もう一度キャンパス」という連載で、大学や大学院に通っている各界の社会人が、その学校生活を連続二回ないし三回書くものである。

昨年、私が東北大大学院に入学して以来、本当にたくさんの方々から質問を頂いたり、雑誌やテレビの取材申し込みが数多くあったりして、いかに多くの社会人が「もう一度キャンパス」を考えているかを感じていた。ただ、これまでの圧倒的多くは、団塊世代女性からの声であり、団塊世代男性からのまとまった反響は、今回が初めてである。

興味深かったのは、ここでも男女の違いが明確になっていることである。私のところに寄せられた反響を見る限りでは、本当に男女間の違いは大きい。

まず、女たちは「具体的かつ現実的」であり、つまりは「質問」が多い。たとえば、

「仕事をしながら、受験勉強の時間をどうやって取りましたか」

「なぜ東北大を選んだのですか。大学を選ぶ基準は何だと思いますか」

「お金は年間どのくらいかかりますか」

「私は商売をやっているので、家をあまりあけられません。通信教育も考えていますが、内館さんは週に何日通っているのですか。私は週二回なら何とかなりますが」

「若い人の中で孤立しませんか。私はたとえ合格しても、友達ができないのでは……と心配なのです」

「授業についていけますか。恥をかきませんか」

「学生とはどうやってコミュニケーションをとっているんですか」

「内館さんは学生になったことにより、仕事のチャンスを失ったと思いますが、得たものと失ったものは何ですか」

「どうしても教わりたい教授がいますが、その大学は偏差値が高くて自信がありません。教えてほしい教授がいなくても、自分のレベルに合った大学を選ぶべきか悩んでいます」

等々、女たちは心配事や本格的な受験生並みの質問を、具体的に続々とぶつけてくる。

ところが、男たちはまるで違う。具体的かつ現実的な質問などはほとんどなく、早い話が「所信表明」である。たとえば、

「お忙しい内館さんが大学院に行くという姿勢に、大いに刺激を受けました。小生も定年後は必ず受験しようと決心しました」

「今は仕事のみですが、国文学をやりたいと思っていますので、第二の人生が楽しみになりました」

「人生、死ぬまで勉強ですね」

「人生に不可能はない。諦めることが一番いけない」

「同じ団塊世代として励みになりますので、陰ながら応援しています」

「ネバー・ギブアップの精神を忘れずに、定年後は社会人入学を考えます」

等々である。比べて頂くとわかるが、男たちは穏やかすぎて、何だか胸が一杯になってしまう。受験にしても「定年後」とか「第二の人生」とか「今は仕事のみ」などと言う。一方、女たちは「仕事をしながら受験勉強をしたい」であり、「商売で家をあけられないが、何か方法はないか」であり、「経費」である。大学選びに真剣に悩んでいるばかりか、早くも合格した後のことを考えて「学生とどうコミュニケーションをとるか」であり、「社会人学生の損得」についてである。

この違いを目のあたりにした時、私は「熟年離婚」や「定年離婚」を言い出す妻と、言い出された夫の違いを見た気がしたのである。中高年になってからの、これらの離婚は、妻サイドから言い出すことが多いと聞くし、夫はまさに青天の霹靂《へきれき》で、パニックになると聞く。

夫は、

「い、いつからそんなこと考えてたんだッ」

「オ、オレと別れて食っていけるもんかッ」

「子供たちは反対するに決まってるぞッ」

だのと取り乱すだろうが妻たちはとうの昔に諸問題に手を打っているのだ。すでに独立している子供たちの了解を取りつけ、離婚の損得を検討し、一人で暮らす経費を考え、淋しくないように友人知人とのコミュニケーションの種を植え、「よし」となったら夫に切り出すのだ。社会人受験で私のところに寄せられた女たちの手紙を読みながら、私はその現実性、計画性は離婚にもいかんなく発揮されるだろうと、つくづく納得したのである。

と同時に、これでは男に勝ちめはないなと思った。

「人生、死ぬまで勉強ですね」だの「人生に不可能はない」だの、陶酔している場合か。

「内館さんを応援しています」は嬉しいが、私のことより自分のお尻に火がついてるかもしれないのよ。妻はシレッとゴハンを作ったり、お風呂をわかしたりしながら、

「離婚の準備終了。いよいよ切り出すか」

と思っているかもしれないんだから。女って恐いのよ。ホントよ。

いずれにせよ、社会人にとって、再びの学校は実に刺激的である。社会人の場合、今さら学歴が必要なわけではないので、自分の生活環境に合う学校を受験するのが一番いいのではないだろうか。

男たちにも、定年前から受験勉強を始めることをお勧めする。妻から突然離婚を切り出されても、女子大生と机を並べる日々に救われるから。

男と女の暴力

ある日、女友達から電話があり、

「A子の夫が死んだの。これでやっとA子も幸せになれるわ」

と言う。私はA子さんを直接は知らないのだが、何年も前から、その死んだ夫の「DV」に耐えてきた人だと聞いていた。

「DV」は今や一般的な言葉になっているが、「ドメスティック・バイオレンス」つまり、配偶者や恋人からの暴力のことである。

A子さんは、夫に殴られ、蹴られ、何度も骨折や打撲傷を繰り返していたという。私が女友達に、

「なぜ別れないんだろう」

と訊いたことがある。すると女友達は、ハッキリと理由を羅列した。

「A子の場合、理由は四つ。ひとつはA子に経済力がなくて、別れたら子供二人を育てられ

ない。もうひとつは、どんなに逃げても見つけ出されて、もっとひどい暴力にあう恐さ」

過去、A子さんは子供二人を連れて、逃げたのだという。ところが、ひっそりと隠れていた場所に夫が踏みこみ、A子さんを殴り倒した。彼女は歯が折れ、アゴを何針も縫い、大怪我をさせられたあげく、引きずられるように家に連れ戻されたという。

「三つ目の理由は、A子の夫は飲酒してない時は立派な人だったからよ。暴力を反省して泣いて、二度とやらないと謝るの。A子はそれを信じて、ズルズルと今まで来たの。最後の理由は、夫の外ヅラがよくて、信望が厚いこと。だから、A子の方に悪い点があるはずだと噂する人が多いのよ。A子の実家の親でさえそう思ってるって言うんだから。味方が少ない中で、子供二人を抱えて別れる決心がつかないんだと思うわよ」

女友達の言葉は実に明確で、私はつくづく納得したものだが、その明確な四つの理由によって、ずっと地獄のような暮らしを続けるのは、納得できない。そして、女友達は私に言ったのだ。

「あなた、DVは珍しいケースと思うでしょうけど、最近すごく増えてるのよ」

私は珍しいケースとはまったく思っていない。というのも、A子さんほどではないが、身近に二件のDVを知っているのである。

一件は知人の両親で、夫は言うなれば「酒乱」であった。酒量が一定量を超えると、顔色が青白くなる。そして、突然、本当に突然妻を怒鳴る。

「何の文句があるんだッ。えッ、テメエッ」

私もその現場を何度か見ているが、まさに形相が変わる。青白い鬼のように暴れ、妻の首まで絞めた。その夫はとうに亡くなったが妻は今でも言う。

「いつでも逃げ出せるように、お金や身の回りの物を入れたバッグを用意していたのよ。夫が死んで何年もたつし、死者にムチ打つ気はないけど、首を絞められた恐さは忘れないし、許せない」

もう一人は、自分自身に異常なほど自信を持つ男と、彼を夫にした女である。確かにその夫はエリートではあるが、世間には幾らでもいる経歴だ。しかし、彼は妻を格下と見なし、言葉と手と両方の暴力を繰り返した。言葉は、

「何もお前レベルの女房じゃなくたって、俺にはもっといい女が来たのに」

「A君の女房、○○女子大で、B君の女房は××大卒だって。比べるとお前の親は教育への意識ゼロ」

の類で、何かあるとすぐ手をあげたという。妻はテーブルの上にあったぶ厚いカタログで頬を張られ、鼻の骨を折った。以後、どうしているのか、私は今はつきあいがないのでわからないが、いつも無表情にうつむいていた妻を思い出すと胸がふさがる。

先のA子さんについて、女友達から電話があってからしばらくたった時、私がたまたま読んだ『岩手日報』紙（十一月二十日付）に、DV特集が組まれていた。その特集の内容が、女友達の言葉と重なるのには驚いた。記事には、

「DV加害者は、第三者の前では紳士的に振る舞うのが一般的。福祉、行政、警察、司法関係者らは皆だまされ、夫に同情的だった」

とまで書いてある。A子さんの実家の両親がだまされるのは当然かもしれない。

また、戒能民江《かいのうたみえ》お茶の水女子大教授の、

「DVは特殊な問題ではない。被害者に落ち度があると思うのは誤った認識」

という訴えも紹介されており、これも女友達の話と重なる。

DVというものは、体の大きさや腕力から、当然ながら男が女に対する行為が多いと思うが、私はその逆も聞いている。

一件は妻が夫をビールびんやフライパンで殴り倒す。もう一件は、カギをかけて夫を家に入れず、夫はカプセルホテルに泊まっている。もう一件は言葉の暴力で、先の自信満々の夫が妻に吐くような言葉を、夫に吐く妻である。なぜ、こういう夫たちが妻と別れないのか、やはり何か明確な理由があるのだろう。

しかし、そういう「暴力妻」たちの話を耳にすると、私も友人たちもつい、

「夫の側にも何か問題があるんじゃないの？」

と言っている。

記事の中に、ＤＶ経験者が「役に立つ助言」として、

「普段から、信頼できる近所の奥さんに夫の暴力を詳しく話しておくこと。何かあったら察知して警察を呼んでもらう、そこに駆け込むなどして生命の危険を避けて」

と語っていた。男とてメンツにこだわらず、これをやるしかない。しかし、何がこうも人間を荒《すさ》ませているのだろうか……。

とぼけたペットボトル

何ともとぼけたペットボトルを見つけた。

五〇〇ミリリットルのボトルで、ウーロン茶と緑茶があり、両方ともおいしいし、安い。他社のものは一本が一四〇円程度だが、これは一一〇円。とぼけているのは中味ではなく、ボトルのラベルである。

とにかく、こうも退屈しないラベルは珍しい。その上、ラベルに書いてあることがみんなヘンだ。これは大真面目なのか、それともオチョくっているのか判断が難しいところである。

残念ながら、世の多くの人たちはこのとぼけたペットボトルを見たことがないはずだ。というのも、「大学生協地域限定品」と書かれている。そして、小学生が描いたような日本列島の地図があり、赤く塗られた地域の大学だけで売っている限定品らしい。何ぶんにも崩れた地図なのでよくわからないのだが、九州や四国の大学では売っていない。山陽と近畿、関東の一部でも売ってないようである。私は東北大の生協で初めて見た。

そもそも、ペットボトルのお茶は『まろ茶』とか『伊右衛門』とか『生茶』とか『ヘルシア』とか、それらしい名前がついているのが普通だろう。ところが、このお茶は名前からしてとぼけていて、ウーロン茶が『ウーちゃん』で、緑茶は『プーちゃん』である。東北大生協で、学生が係員に向かって、

「いつもの安いお茶、ない？　プーちゃんがいいんだけど、なけりゃウーちゃんでもいいから」

と言っているのを聞いた時は、吹き出しそうだった。

で、ウーロン茶の『ウーちゃん』のラベルには、三つの茶碗が描かれている。ひとつの茶碗からはウサギが顔を出し、大きく「ウーちゃん」と書かれている。もうひとつの茶碗からはウシが顔を出し、同じように「ウーちゃん」と書かれている。「ウ」のつく二種の動物が「ウーロン茶のウーちゃん」というわけだ。

ところが、三つめの茶碗からはツルンとのっぺらぼうが顔を出し、「〇ーちゃん」と空欄になっている。そして、「枠内は想像してご記入下さい」と書いてあるではないか。「大学生協」の限定品ともなると、ペットボトルでお茶を飲む時さえも、頭を休めるなということなのね。なのに、ラベルの一角には「　年　組　氏名　　　」という欄があるのだ。「小学生協」ならわかるけどねえ……。それにしても、学年と氏名の欄があるペットボトルは初めて見た。

こうして、私はのっぺらぼうの絵を見ながら、

「ウがつく動物は……ウサギ、ウグイス、ウナギ……」

と一人でさんざん考えたが、どうもピンとこない。すると東京で酒豪の男友達がケロッと言った。

「それはオロチだな」

「オロチじゃ、ウがつかないじゃない」

「オロチをウワバミというから、ウワバミのウーちゃん。ウーロン茶は酒を割るのに使うし、絶対ウワバミだよ」

酒呑みはこういうことしか考えない。

が、さらに難しいのは、緑茶の『プーちゃん』である。ここにも三つの茶碗が描かれていて、ひとつの茶碗から顔を出しているのは、ネコかブタか、どちらにも見える小学生のような絵だ。が、絵の上に「プーちゃん」と書かれている以上、ブタだろう。もうひとつの茶碗から顔を出しているのは、どう見てもカバである。だが、ここにも「プーちゃん」とあるのはなぜだろう。カバをプーちゃんとは言うまい。三つめの茶碗からは、またのっぺらぼうが顔を出しており、「〇ーちゃん」と空白になっている。これはたぶん、クマだ。「クマのプーさん」は有名なので、「プーちゃん」もありだろう。

私はカバだけが解答できず、学食の隣でお昼を食べていた学生に訊いてみた。すると、彼はおごそかに言った。

「僕もそれは考えましたが、わかりません。でも、それ以前に緑茶の『プーちゃん』は成立しません。ウーロン茶と考え合わせると、緑茶の『リーちゃん』かグリーンティーの『グーちゃん』であるべきです。ですから、カバの『プーちゃん』にも何ら根拠はありませんね」

見知らぬ学生であったが、彼もかなりとぼけている。大真面目なのかオチョくっているのか判断できなかったが、正しい理論だ。

が、何よりもすごいのはここからである。ラベルにしっかりと次のように明記されているのだ。

「使用後は水槽やおフロへ入れて観賞用としてご利用できます」

「水中花」のように「水中ボトル」になるというのだ。それも「観賞用」という言葉にこめられた自信。これは試してみる価値がある。もしかしたら、ウサギやカバの絵が動くとか、のっぺらぼうにウワバミの姿が浮きあがるとか、何か仕掛けがあるのかもしれない!!

私はお風呂に『ウーちゃん』と『プーちゃん』を何本も浮かべてみた。ボトルの中に水を入れて沈めてもみた。ん……別にどうってことはなかった。ウサギもカバも動かず、ウワバミも姿を現さず、バスタブにペットボトルがプカプカ浮いているだけで、何をどう「観賞」

すべきなのか……。

友達はみな大笑いして、私を「ペットボトルを観賞した女」とバカにした。そのくせ、全員が必ず言う。

「ウーちゃんとプーちゃんを買ってきて。欲しい」

全国に出回っている洗練された商品もいいが、地方発の限定商品の面白さは格別である。私は『ウーちゃん』と『プーちゃん』を毎日愛飲しながら、全国版にはないあたたかさに、ほっこりした気持ちになる。

島田正吾さんとの約束

俳優の島田正吾さんが亡くなられて一月《ひとつき》がたつ。九十八歳であり、大往生には違いないが、突然の訃報に私はパニックになった。

畏れ多いことだが、「新国劇の重鎮・島田正吾」と私はとびっきりの仲よしだった。いや、NHK朝の連続テレビ小説『ひらり』のメンバーは、みんな島田さんと仲よしだった。石田ひかりさんも池内淳子さんも、プロデューサーやディレクターも、『ひらり』が終了した後も、よく島田邸に押しかけてはお酒を飲んだ。

そんなある日のことだ。二〇〇一年の五月だったと思う。九十五歳の島田さんは、私におっしゃった。

「僕のために『一人芝居』を書いてくれないか」

島田さんはそれまで、毎年五月に「一人芝居」を演じておられ、毎回、新橋演舞場は超満員の札止めであった。出し物はいつも新国劇の演目で、それを島田さんご自身が一人芝居用の戯曲に書き直す。そして、舞台では一時間半も一人で朗々とセリフを語る。こんな九十代は、とても信じられない。それなのに、さらにすごいことをケロッとおっしゃったのである。

「内館さん、僕はね、九十九歳の白寿までは、新国劇の演目をやる。で、百歳からはまったく新しいものに挑戦したいんだ。そこでお願いだ。百歳の時の新作をぜひ書いてほしい」

島田さんに関しては、もはや少々のことでは驚かなくなっている私であり、「百歳の新作挑戦」も何ら不思議ではなかった。

「どんな傾向のものをなさりたいんですか」

島田さん、サラリと答えられた。

「シェークスピア」

これには驚いた。百歳からシェークスピアに挑戦とは鬼気迫る。島田さんは、私がシェークスピアが好きなことを前からご存じであったが、次のようにおっしゃった時は、あきれてめまいがしてきた。

「ナーニ、セリフなんていくら長くたって構わんよ。ただ、いかにもあなたらしいシェークスピアにしてほしい。新しい切り口でね」

そして、囁いた。

「『リア王』をやりたい」

私は向こう見ずにも、即答でお引き受けした。が、その時すでに、私の心の中にはひとつの提案があった。

そして後日、島田さんのご自宅で切り出した。

「百歳まで新国劇をなさって下さい。百一歳で新生という方がステキですよ。『百一歳のシェークスピア』で行きましょう」

島田さんはニヤリと笑って、即答された。

「ん。いいね。新国劇はまだまだ一人で演じたいものがあるし、『百一歳のシェークスピア』、いいねえ」

この時、私たちは人間には寿命があるのだということなど思いもつかず、百一歳から毎年、シェークスピアができると考えていた。さらに、私は提案した。

「でも小三郎君、『リア王』はダメです」

「小三郎」とは『ひらり』での島田さんの役名で、私は番組終了後もそう呼び、島田さんから頂く手紙は、すべて「小三郎より」と書いてあった。

島田さんは、

「なぜ、リア王はダメなんだ」

と私を見た。結構、恐い目だった。私はかなりブルっていたが、平静を装って答えた。

「リアは老人ですもの。百一歳の新生一作目に、何も老いた王を選ぶ必要はありません」

「ん……」

島田さんはしばし考え、また私を見つめた。

「それなら、あなたは何がいいと言うんだね」

「リチャード三世」

私の返答に、島田さんは確かに驚いていらした。リチャード三世は「悪の権化」ともいうべき男で、エネルギッシュな壮年である。

「内館さん、しばらく考えさせてくれ」

島田小三郎はそう言った。

それから一年後、

「内館さん。やるよ。リチャード三世をやる。松岡和子さんの翻訳がいい。それを一人芝居に書いてほしい」

と上気した頰で、私の手を握った。またたく間に訳本まで指定する九十六歳に、私は驚きを通り越してあっ気にとられていた。私は松岡さんとは親しいので、すぐに電話を入れた。

彼女は、

「光栄だわ。嬉しいわ」

と大喜びし、十日ほど後には島田邸で三人の打ち合わせを始めたのである。百一歳までは五年もあるというのに、三人ともワクワクして居ても立ってもいられなかったのだ。お酒を飲みながらのシェークスピア談議は、夜が更けるのも忘れるほど楽しかった。

私は「百一歳のシェークスピア」についてのやりとりを、新聞や雑誌でも一部を紹介しているが、これがすべてである。

それから三カ月、島田さんは脳梗塞で突然倒れた。だが、私は全然心配していなかった。復帰するに決まっていると思っており、いつものように「小三郎君へ」という手紙を書き続け、リチャード三世への思いやアイデアを送り続けた。

そして、小三郎は私の前からいなくなった。空虚で泣いたけれど、悲しくはない。きっと今頃、盟友辰巳柳太郎さんと久々のコンビで芝居をして、喧嘩するほど楽しんでいると思うから。

島田さんは私と会うたびに、実は口止めしていた。

「いいね、『リチャード三世』という演目は、百一歳のその日まで絶対に秘密だよ。誰にも言うなよ」

私は今日まで誰にも言わずに来た。今、初めて書いた。百一歳で「悪の壮年」に取り組もうとした島田正吾という男がいたことは、きっと読者の励みになると思ったから。

「ノーベル賞は差別です」

今から数年前の話だが、忘れもしない。その日、私は男友達と横浜の書店、有隣堂で待ち合わせることになっていた。ちょうど買いたい本があったので、私は二十分ほど早めに行き、書棚を見ていると、

「内館牧子ね」

と声がした。本人に向かって呼び捨てとは、かなり無礼だが、私は手にしていた本から目を上げた。三人の女が私を囲むようにして立っている。三人とも、四十代後半から五十代半ばといったところだろうか。「三人の女に取り囲まれて恐怖のアタシ」というのは、図式としては相当恐いのだが、三人とも身長が一五五センチあるかなしか。私は一六八センチ近い上に、その時は七センチのハイヒールをはいており、一七五センチはあったかもしれない。取り囲む三人より頭ひとつ分飛び抜けているわけで、三人はアゴを上げて私を見るという、間の抜けた図になっていた。私が余裕で、

「はい、内館ですが。何か」

と問うと、三人の女は口々に言った。

「アナタ、子供たちに競争させろって言ってるそうじゃないですか」

「競争社会はよくないって、まだわからない人がいるんだから、あきれちゃう」

「競争は差別を生むってこと、わかんないんですかね。人間はすべて平等ですから、競争は悪です。同じ人間同士が競うことと、縦社会はつぶすべきです」

三人は私を見上げながらそういうようなことを言って、にらみつける。私は困ったなァと思った。だってそうだろう。こんなこと、混雑した書店の中で、それも約束の時間が迫っている時に話し合える問題ではない。それに何よりも、あと十分もしたら男友達が来る。彼はあんまり他人に見せたいタイプじゃないの。アタシのイメージがこわれるから。これは早いとこ片づけようと思い、丁寧に優しい声で言った。

「確かに私は、まっとうな競争は子供のうちからさせるべきだと書いたり、言ったりしています。でも、人間を差別するという意味とは全然違いますよ」

すると、三人は私を心底嫌いだという目をして、

「勝ち負けが出るのは差別です。子供は傷つくの」

とにらみ、さらに言った。

「内館さんは子供がいないからわからないんです」

私はつい、

「夫もいないんです」

と答えたものだから、火に油を注いでしまった。三人は火の玉と化し、怒った。

「ふざけないで下さい。人がこんなに大事な話してるってのに」

「そうよ。こっちは真面目にサシで話してるのに」

まったく、一対三じゃサシになヶないでしょうが。でも、色々と押し問答してる暇はない。

男友達が来てしまうわ。私はにこやかに丁寧に言った。

「手をつないでゴールする運動会が多いそうですけど、あれは足の速い子にとっては差別ですよ。何もかも、一番できない子に合わせては、ノーベル賞もオリンピックのメダリストも日本から出なくなりますよね」

これがまずかった。三人は顔を赤くして詰め寄る。

「その『できない子』という言葉こそ差別です」

「ノーベル賞もオリンピックも差別です。同じ人間なのに、人間が受賞者を選んだり、競争させて色違いのメダルを与えたり。競争は許せない悪です」

私には理解不能の思想で答えようもない。だが「できない子」に関しては、

「すみません。何と言えばいいんでしょう」

と謝った。すると、

「『行き遅れてる子』と言って下さい」

その答え。その方がもっと差別っぽい気がするけどなァ。しかし、私は神妙にうなずいた。本当は「アタシは嫁《い》き遅れてる女よ」とかましたかったが、また火の玉と化されてはたまらない。こんな大テーマを、買い物中の立ち話ではできない。が、女たちはなおも、

「勉強も運動も、行き遅れてる子に合わせるのは当然です。進んでる子は遅れてる子を助けたり、待ったりすることを覚えるんです」

「そう、社会において何よりも大切なのは『和』です。競争は和を乱し、人間を冷淡にするんですよ」

と、こういうようなことを延々と私に説教する。ああ、もうダメだ！　男友達が来ちゃうーッ……と思ったその時、ダミ声がした。

「牧チャン！　あ、友達？」

そう言って、彼は彼女たちを見た。彼女たちは一瞬のうちにビビって、

「いえ……違うんです。どうも。じゃ」

とおびえたように立ち去った。ああ、これで私の「清く淋しく健気《けなげ》でひたむき」というイ

メージは崩壊したわ。その男友達は、人相が悪い上に、体育会時代の試合で顔を切り、今も傷が残る。髪は短い角刈りで、一八九センチ、九五キロの体を常に黒っぽいスーツで包み、ダミ声ときている。どう見ても「コワイ系」の親玉なのだ。

こんな数年も前のことを思い出したのは、国際的な学習到達度調査の結果が世界同時に発表され、日本の順位が一気に落ちたからである。十五歳を対象に実施した結果は、「読解力」が前回（二〇〇〇年）の世界八位から十四位に、「数学応用力」は一位から六位に落ちた。文部科学省は日本の学力について初めて「世界のトップレベルとはいえない」とし、中山文科相は「競い合う教育をしないといけない」とコメントしたことが報道されている。

「和」は大切だ。「平等」は当然のことだ。だが、「競い合うこと」をやみくもに否定した時代を省《かえり》みる必要がある。

私って癒やし系なの

秘書のコダマが、
「書店で一目見て、びっくりして『ええッ?!』って声が出てしまいましたよ」
と言う。実は私も、別の書店で一目見るなり、
「何これーッ?!」
と声が出てしまったのである。
何を一目見たかというと私の新刊である。この新刊はNHK出版から出ているのだが、すごいタイトルで聞いて驚くな。
『食べるのが好き
飲むのも好き
料理は嫌い』
という。ただ、このタイトルは私自身がつけたものであり、驚くに値しない。一目見て驚

いたのは、聞いて驚くな。この新刊が料理本コーナーに並べられていたのだ。これには声が出た。

コダマが見た赤坂の書店でも、私が見た銀座の書店でも、錚々たる料理人の本や料理研究家の本と並んで、

『食べるのが好き
飲むのも好き
料理は嫌い　内館牧子』

って、これ、洒落にならないよなァ……。しかし、料理本コーナーに置かれるのは当然といえば当然なのである。というのも、三年間にわたって『男の食彩』という料理月刊誌に連載していたエッセイに、新たに書きおろしを加えて単行本にしたものだからだ。

とはいえ、私は料理が嫌いなので、連載中から「冷凍食品で、いかにだますか」とか「器と盛りつけで、いかにだますか」とか、「缶詰めで、いかにだますか」とか、要は「だまし」のエッセイに終始していた。あげく、

「アタシ、お料理が趣味なんですゥ」

なんて女はデェッ嫌ェだと書き、果ては、

「頭のいい女は料理がうまいと言われるが、頭のいい女はだますのよ」

と書き、もうハッチャメチャな連載だった。それを料理好きの男が読む月刊誌に書いていたのだから、さぞヒンシュクを買ったと思うであろう。が、聞いて驚くな。あまりに好評で、一年間の約束の連載が三年に延びたのである。きっと、料理好きの男は、料理嫌いの女に癒やされるのね……。そうよ、たぶんそうよ。

このハッチャメチャな連載に書きおろしを加えたとはいえ、東北大学の学生食堂のことや、広瀬川で学生が作る芋煮のことで、私が料理を作る話はひとつもない。その上、ついには、「アタシは水道水をゴクゴク飲んでるけど、お腹こわしたことなんか一回もないもんね！」という、小学生のような自慢話まで書きおろしたのである。これが全国津々浦々の料理本コーナーに並べられているのかと思うと、さすがにクラクラしてきた。

本当は、この新刊のタイトルは、

『男伊達より小鍋立て』

となるはずだった。編集長の中野宏治さんがつけたもので、古い諺《ことわざ》である。つまり、男は「伊達者」を気取ってカッコつけたり、見栄を張るよりも、惚れた女と小さな鍋をつつく暮らしの方が幸せだという意味である。だが、あまりに高尚すぎて、意味のわかる人は少ないだろう。そして何よりも、「男伊達より小鍋立て」というタイプの男に私は魅力を感じない。やっぱり、男は「小鍋立てより男伊達」でしょう。やせ我慢もせず、カッコもつけず、「ボ

ク、自然体なの」なんぞとぬかして小鍋をつつく男はタヌキ汁にしてくれるわ。そこで、私は自ら、

「『食べるのが好き　飲むのも好き　料理は嫌い』ってタイトルにしません？」

と提案したのである。中野さんは本当に仰天し、

「ヒェー、そ、そんなタイトルにしちゃって、内館さんの立場はいいんですか。でも、いいタイトルだなァ。だけど、内館さんの立場はいいんですか。いいタイトルだなァ」

と支離滅裂。私の立場なんぞはいい。私は「料理好きな男にとっての癒やし系」なのだから、料理嫌いがバレても何の問題もない。ということで、この恐ろしいタイトルになったのである。

ただ、ひとつだけ声を大にして言わせて頂くと、私は「料理嫌いの工夫好き」なのである。「だまし」というのは、要は工夫だ。たとえば「ふかし芋」にしても、丁寧にほっこりとふかしたかのように見せるために、私は日夜努力しているのである。実は「チン」で二分間だったとしてもだ。潮汁の缶詰めをぶっこんだだけの「炊き込みごはん」でも、冷凍食品のシュウマイでも、いかにもきちんとダシをとったかのように、シュウマイの皮から作ったかのように工夫に工夫を重ねる私なのである。と力説したところで、食器と盛りつけでだますだけなんだけど。

その私物の食器を写真家の飯田安国さんが、それはそれは美しく撮って下さって、この本の救いはこれだけである。この写真だけはどんな料理本と並んでいても抜群にいい。ということは、やっぱり料理本コーナーでも恥ずかしくないのよねと思っていた時、高校の同級生から電話がきた。

「もう、恥ずかしいったらないわよ。あなたのあのすごいタイトルの本、よりによって料理本コーナーで片岡君の本と並んでたわよ」

片岡君とはイタリア料理の名店『アルポルト』のシェフの片岡護さんで、テレビや雑誌でも名高い料理人。彼と私は都立田園調布高校のクラスメートである。電話をかけてきた彼女はぼやいた。

「片岡君が細《こま》やかにパスタだのトマトソースだのって作り方を書いている隣に、『料理は嫌い』って本を見た時は、混乱して店を飛び出したわよ。まったく」

買ってから飛び出してほしかったわよ。まったく。

名文珍文年賀状

毎年、私が頂いた年賀状の中から、名文珍文のものをご紹介しているが、今年もナカナカのものばかり。

☆男友達
「今年こそ西に!!」

私はてっきり「西に横綱を誕生させよ!!」という意味かと思っていたら、本人から電話があった。

「酉《とり》って字、間違えた」

☆男友達
「今年は酒年」

こいつは酒豪なので、間違いではなく確信犯です。

☆女友達
太った鶏《ニワトリ》の絵の横に、

「今年は鶏年。お互いに大空を飛ぶ年に！」

とあった。鶏は大空を飛べません。

☆日本航空社員（男）
「もっと飛ぼう
ＦＬＹ　ＭＯＲＥ　ＪＡＬ」

うまいッ！　彼はかつて、私がＡＮＡのテレカを使っていたら取りあげて、

「テレカでもＡＮＡは使うな。ＪＡＬを使え」

と怒ったヤツです。

☆講談社編集者（男）
「今年はトリ年。僕は脱コブトリです」

うまいッ！　彼は医師に「あなたのような小太りの人は要注意です」と言われ、「コブト

リ」という言葉にショックを受け、私の前でヤケ食いした。思うに「大太り」になれば私に愛されると思ったに違いない。おあいにくね、私はマゲのない大太りはイヤなの。

☆武蔵野美大のクラスメートでデザイナー（男）
　氏名の前に肩書があり、それが「肉弾デザイナー」。確かに彼は昔から堂々たるガタイであったが、とうとう肩書にしたか。小太りの彼も、いっそ肩書にしちゃえばいいんだわ。

「小太り編集者」って。

☆大学の後輩（男）
「年末にバツイチになりました。一人ぼっちの正月です……」

　何とも、文末の「……」に哀愁を感じさせるじゃありませんか。と思っていたら、女友達からも同じような内容で次の一枚。

☆女友達
「転居しました。バツイチになったの。ウフフ……」

　男と女ってこうも違うのねえ。この女友達は文末の「ウフフ」と「……」に新しい人生への弾んだ思いと、何ともせいせいした気分を感じさせるじゃありませんか。ちなみに、大学の後輩の男は三十二歳、女友達は五十六歳であります。女は強い。

☆知人（女）

「犬を飼いました。名前はゴーンです。夫が毎日『オイ、ゴーン。呼ばれたらすぐ来いッ』と威張って命令しています」

彼女の夫の勤め先は、確か日産自動車です……。

☆NHK出版編集者（男）

「ボク、『今年60のお爺さん』だよ！」

そういえば、そういう歌がありました。〽村の渡しの船頭さんは　今年六十のおじいさん　年はとってもお船をこぐときは　元気いっぱい櫓がしなる　それ　ぎっちら　ぎっちら　ぎっちらこ。

これが歌える人はお爺さんかお婆さんです。

☆フリーの記者（女・七十代）

「月刊『潮』の〇〇県知事との対談、きれいごとにまとまっている感じで、あれは先方が直したんじゃありませんか」

鋭い！　年は取っても櫓がしなってます。ハイ、広報部が、お気に召さないところをカットして、つっまんねーPR文を書き加えておりましたの。要は飛べないんですよねえ。

☆『潮』の編集者（男）

何と彼からの年賀状が三枚届いていた。二枚届くケースはたまにあるが、三枚は初めて。〇〇県知事の直しを言われ、きっとパニックになっていたのね。

☆三菱重工の元同僚（女）

「会社は益々変です」

あのォ、「会社は益々大変です」の書き違いではないですか？

☆ＮＨＫ職員（男）

「逆風の中、ひたすら身をすくめて生きています」

益々大変ですものね……。

☆視聴者（女）
「新春をお税い申し上げます」

あのォ、「お祝い」の書き違いではないですか？　新春から税金の話はやめてね。
☆女友達
「五十代になると、急に体型が変化しますね。相撲界も変化してますね」

すごい結びつけ方だ。
☆圧倒的多数の人々
「大学院の修士論文は進んでいますか。読ませて頂く日が楽しみです」

どうか他に楽しみを見つけて下さい。
☆三菱重工の元先輩（女）
「大学院生とは本当に羨《うらや》ましい。私も今、カルチャースクールに四つ通い、最近はフラダンスとソシアルダンスも始めました」

四つのカルチャーと二つのダンス!!　年は取っても櫓がしなってます。本当に羨ましい。カルチャースクールは論文がないもんねえ。

☆三遊亭楽太郎師匠

「24年前の酉年に真打昇進。また酉年が来ました。今年はよりはばたいて、本当にトリをとれる芸人になる様に、一層勉強いたします」

二十四年前の真打ちの写真年賀状だった。誰もが二十四年前の自分を思い出し、新年のスタートを切るのはとてもいいことでは？

でんでん太鼓に笙の笛

先日、女友達を車の助手席に乗せ、走り出して間もなく、彼女は早くもぐっすりと眠りこけていた。

一時間近くたって目をさました彼女は、フワァ～とあくびをしながら言った。

「ああ、よく寝た。だけど、あなたってヘンな人よね。車の運転中にこんなCDかける人、めったにいないと思うわよ。眠くなるに決まってるもん。私、アタマの二曲聴いただけで、もう完璧に夢の中……」

私がこのところ、いつもかけているCDは「子守唄」なのである。これはキングレコードから出ている『子守唄　ふるさとへの旅』というもので、北海道から沖縄までの子守唄が三十九曲入っている。すべて古い子守唄で、「五木の子守唄」や「竹田の子守唄」のような有名なものもあるが、ほとんどは初めて聴く曲だ。

そして、歌詞の意味もよくわからない。九十九歳のおばあさんがひ孫に唄っているのを現地録音したものや、アイヌの言葉や八丈島や沖縄などの方言で唄っているものや、どれもかいもく理解できない。アタマの二曲で「夢の中……」というのは当然といえば当然である。ところが、私はこのCDにハマってしまい、全然眠くならない。各地の子守唄は意味がよくわからぬながらも哀愁をおびていて、どの曲も本当にいい。が、私が最初に面白いなァと思ったのは、江戸期の子守唄。どの地方でも、次の有名な詞がある。

「ねんねのおもりはどこへ行た　あの山越えて里へ行た　里のみやげに何もろた」

驚いたことに、どの地方でもその答えが、

「でんでん太鼓に笙《しょう》の笛」

である。この答えがこうも全国的とは思わなかった。

私は初めてこのCDを聴いた日、車のハンドルを握りながら、単純に、今時の子供の土産に「でんでん太鼓」と「笙の笛」を渡したらどうなるだろうと思い、一人で笑ったのである。むろん、四百年も昔の唄ではあるが、あの頃の子供はみんな「でんでん太鼓に笙の笛」を喜び、それで遊んだんだなァとワケもなく感動してしまった。そして、とうとう車を路肩に停め、CDの歌詞カードでチェックしてみた。以下、各地の詞による「土産一覧」である。

●『江戸の子守唄』

でんでん太鼓に笙の笛

起きゃあがり小法師に振鼓

●岩手『ねんねこ　子守りは』

ピーピーガラガラ笙の笛

●新潟『ねんねんおころり』

でんでん太鼓に鳴る鼓

起き上がり小法師に猿人形

でんでん神楽に鈴

●島根『ねんねんころりや』

てんてん太鼓に笙の笛

●徳島『ねいれよねいれよ』

でんでん太鼓に笙の笛

●福岡『ねんねんころりん』

でんでん太鼓に笙の笛

　こういう具合に、もう圧倒的に土産には「でんでん太鼓」と「笙の笛」をもらっている。

　さらに、徳島の子守唄の歌詞には、

「それをもろうて　何にする　吹いたりたたいたりして遊ぶ」

とあり、大分の子守唄の歌詞には、土産の笙の笛が、

「鳴るか鳴らぬか　吹いてみしゃ」

という一行がある。これらの詞を読むと、当時の子供たちにとって、珍しい里の土産が「非日常」であり、「ハレ」であるとよくわかる。また「ホントに鳴るかちょっと吹いてみようか」などとワクワクしている様子が浮かんでくる。何ぶんにも四百年も昔のことで、交通機関も満足ではなく、貧しく、楽しみの少ない日常であったろうから、こういう遊び道具には本当に心ときめいたに違いない。もちろん、現代の子供たちの豊かで、かつデジタルな遊び道具を否定する気はまったくない。ただ、今の子供たちも「でんでん太鼓に笙の笛」クラスのつまらない道具で、遊んでみる経験も悪くないように思う。

今から数年前、私は取材で中国の雲南《ユンナン》省を訪ねたことがある。その時、麗江《リージャン》という街の一角で、男の子が二人して板に釘を打って遊んでいた。小さなカマボコ板のようなものに、石で釘を打っては抜き、何やら大声で話している。打ち方や抜き方を話しあっているのだろうか。数時間後、私たちが再びその街角に戻ってくると、彼らはまだ夢中で釘を打って遊んでいた。

そして、その後、私たちはもっと中国の奥地に入り、吐魯番《トルファン》に着いた。ここはシルクロードの砂漠の街である。その中心部からさらに四十キロほど南下したところに「アイディン

湖」という湖がある。湖といっても、夏期には水が一滴もなくなり、干あがってしまう。足の便は自家用車のみ。風景はカラカラに乾燥した砂漠とハゲ山のみ。人間が住めるとは思えない土地だったが、ポツンと一軒の人家があった。家の前で、三歳くらいの男の子が一人で遊んでいた。見ると、その子のオモチャはペットボトルのふた。その子の両親も出て来て言った。

「このふたで、何時間でも一人で遊んでいます」

私たちが三色のボールペンとノートを渡すと、三歳児は興奮のあまり顔が真っ赤になり、息が荒くなった。あの子にとって、三色のボールペンとノートは「でんでん太鼓に笙の笛」だったのだろう。

私は『子守唄』を聴きながらそんなことを考え、そして、口減らしのために幼いうちから子守娘として奉公に出された少女たちの切ない歌詞に涙していると、眠くなるどころか目が冴えてくる。運転にはピタリのCDなのである。

もっとも、女友達は再びCDをかけ直し、再び夢の中であった。

イザという時

よく「イザという時のために」お金を蓄《たくわ》えておくと言う。もうひとつは「老後のために」と言う。

ずっと昔、知人が大病で一年近く入院し、私も何度かお見舞いに行った。彼女は六人部屋で、いつも不機嫌な顔をして、会うたびに顔色が悪くなっている。そして毎回、小声で言ったものである。

「ベッドの両隣が一晩中、うめくのよ。こっちの頭がおかしくなりそう。もう、すごいストレス」

それればかりではない。隣のうち一人は失禁が激しくて、猛烈ににおうのだという。確かに、私たちも異様なにおいを感じていた。

元気な頃、彼女はいつでも私に、

「イザという時のために、私はお金を蓄えてるわよ。あなたもそうなさい」

と説教していた。

私は彼女を見舞うたびに、

「今が、その『イザという時』ではないのかしら」と思わされていた。彼女は自分の病気とは直接関係のないことで、つまり、劣悪な環境によって、あれほどストレスをためている。おそらくそれは、自分の病気にもよくない影響を与えるだろう。今こそが「イザ」の時であり、こういう日のために蓄えたお金ではないのか。そのお金でもう少し気持ちのいい部屋に移る方が、ずっとお金が生きる。私はそう思い続けていたが、口には出せなかった。

またある時、八十代の老婦人が渋い顔で言った。

「明日から友人と温泉に行くはずでしたけど、やめました。このトシになって、ああいう旅はしたくありませんから」

聞けば、七十代と八十代のメンバー全員が、列車の自由席で行くと言い張ったそうだ。ちょうど連休中であり、立ちっ放しになる確率は高いだろう。老婦人は私に、

「みんな老後のために蓄えてきたものもある人ですから、私はグリーン車でゆったりと旅がしたいの」

と苦笑した。私はここでも不思議に思うのである。七十代後半から八十代というのは、「老後」の真っ盛りだろう。おそらく、五十代前後からお金を蓄え、「老後はのんびり温泉巡

りをしたいね」などと口にもしただろう。その「老後」にある今、「のんびり」どころか指定席代を節約し、過酷な旅でもいいとする。あの蓄えはいつ使うんだろう。

　他人から見た時、「イザ」と「老後」の真っただ中にいる人たちが、その時用の蓄えを使わないケースは割によく見聞きする。これはきっと、

「今後もっとすごい『イザ』があったら困るでしょう。病室の環境くらいで今までの蓄えは崩せないし、これからも『イザ』に備えて蓄えるの」

　と思っているのかもしれない。まさかとは思うが、もしかしたら八十歳は、

「九十九歳とか百歳とかもっとすごい老後になったら、お金がいるもの。老後のために今は使えないわ」

　と思っていないとも限らない。だが、こういう人たちは、一生蓄え続けて死んでいくような気がしないでもない。自分の葬儀代くらいは残したいという気持ちはわかるにしても、これから先に、果たして起こるかどうかわからない「もっとすごいイザ」や「もっとすごい老後」に備えるのは、何だか生きる楽しみを半減させているようにも思う。ただ、先々に対する考え方は、お金の有無よりも本人の性格によるものだろう。

　そんなある夜、ふと仕事部屋をのぞくと、ちょうどファックスが送られてきている最中だった。

見ると、真ん中に大きな写真があり、それが何とも豪壮や茅葺《かやぶ》き家の写真。古い木塀がぐるりと取り囲んでおり、木々の茂る前庭も広々として、すごい風格の家である。

と発信者を見ると「クノヘマキ」とある。「九戸眞樹」という名の女友達で、青森県庁のキャリアウーマン。私と同い年で、シングルというのも同じ。元々、突拍子もない女ではあるが、それにしてもだ。この唐突な茅葺き家の写真は何なのか。文面を読み、思わず声をあげた。そこには次のように書いてあった。

「茅葺きの家を買ってしまいました。もちろん中古です。この勢いで、どこかに中古のいい男はいないかと！」

彼女は先だっても、『ゴルフカブリオレ』の中古を衝動買いしており、クラシックタイプのそのオープンカーのことを「グリーンで可愛いの！」とファックスしてきたばかりというのに、今度は茅葺き家か……。

私はあっ気にとられながらも、何だかすっかりウキウキしてきた。というのも、私は国技館の砂かぶり席の権利を買った時と、東北大の大学院に入学した時、同年代の人たちに結構言われたのである。

「何という無駄遣い。老後と『イザ』という時のために蓄えるべきでしょうが。まして、あなたは独身で、お金しか頼りにならないのよ。大学院も砂かぶりも無駄遣いよ」

それもひとつの考え方だが、足腰の立つうちにお金を遣おうというのも考え方だろう。人の命は短いのだ。

現実に、私の友人たちの圧倒的多くは、

「親が必死に節約する姿を見るより、生活を楽しむ姿を見ている方が嬉しい」

と言う。世間にはこう思っている子供の方が多いのではないか。

そして、哀れなシングルの身でありながら、相撲三昧《ざんまい》の私や茅葺き家を買ったクノへの母親は、「イザという時と老後」ばかりを考える娘より嬉しいのではないかと、都合よく解釈しているのである。

Vサインはダメよ！

最近は少し減ってきたように思うが、以前は事件現場にテレビ取材が来ると、若者がテレビカメラを取り囲んでVサインをしたり、手を振ったり、顔を突き出して悪ふざけをすることが多かった。

たとえそれが悲惨な事故現場であっても、葬儀場からの中継であっても、ところかまわずのVサインであり、「お手振り」である。押しあいへしあいして顔を突き出しての悪ふざけである。私はそれを見ると不快でテレビを消し、「このバカどもッ」と毒づいていた。

ところがである。その私が、先日、テレビカメラに向かって手を振ってしまった。大相撲初場所の九日目、その日の私はテレビに映る位置の客席にいた。手を振ったのにはワケがあるのだが、そんなワケは誰も知らないことであり、帰宅すると友人たちから電話とファックスの嵐である。

「テレビをつけたら、あなたが映っていて、『あ、マキ！』と声をかけたら、手を振るんだもん。びっくりして茶の間から思わず振り返しちゃった」

と言う女友達もいれば、

「あれは前々日に新年会をやった仲間たちへの挨拶だって、みんな言ってた」

とファックスしてきた男友達もいた。また、私が手を振ったのは、黒海が私の席に落ちてきて、それをうまくかわした直後だったため、何人かの友達は、

「今回はうまくよけたからケガしてないよーって、私達に知らせるために『お手振り』したんでしょ」

と言ってきて、これには笑った。というのも、私は九月場所で千代大海に直撃され、肋骨《ろっこつ》に小さなヒビが入ってしまったという過去がある。その時初めて、国技館内の相撲診療所で診察を受け（結構嬉しかった）、レントゲンを撮り、完治するまで三週間かかっている。それを知っている友人たちにしてみれば、「無事よ」の挨拶だと思うかもしれないが、もっと笑ったのは北海道に住む先輩からの手紙である。

「あなたが映っていたので、私は嬉しくて画面に向かって『離れているけど、応援してるからね』と心の中でつぶやいたら、あなたがニッコリして手を振って応えたからびっくり。念力って本当にあるのね。念力が岩をも通すってことが証明されたと思っています」

これらは全部違っていて、ワケがある。私が「マイシート」として権利を買っている席は、

正面なのでテレビには映らない。いつもはここに座っている。ところが今回、『溜会《たまりかい》』という好角家組織の永谷世話人が、

「たまには東の僕の席でご覧なさい。角度が違うとまた面白いよ」

とおっしゃって、一日だけ私の正面席と取りかえっこしたのである。永谷さんの席はちょうど東花道横の最前列で、バッチリとテレビに映る位置。だが、正面席に慣れている私は、テレビに映っているという意識がまるでない。

そして、私は国技館内でだけ受信できるオリジナル実況放送をイヤホーンで聴きながら、取組を観ていた。この放送は多彩な好角家ゲストが出演する上、館内でしか聴けないという気楽さもあって、オフレコ話がどんどん飛び出し、来館者に大人気なのである。この日のゲストはデーモン小暮さんで、相撲にお詳しいのですごく面白い。

やがて、黒海が私の席を直撃すると、デーモンさんが声をあげた。

「あ、内館牧子さんがいますよ。つぶされず、うまくかわしましたね」

それがイヤホーンから聞こえ、私は実況席のデーモンさんに向かって手を振った。テレビにバッチリと映っているなんて考えもせずにだ。デーモンさんは、

「あッ、手を振ってる。この放送を聴いてるんだ！　内館さーん、今、黒海が足を引きずって退場しましたが、どこを痛めたのかそこから見えましたかーッ」

と質問し、実況アナと、

「イヤァ、こういうやりとりができて、この放送は面白いなァ」

なんて大喜び。私のその質問を受けるや、あろうことか膝《ひざ》を立てて自分の脛《すね》を示し、「ここよ！　ここ」とばかりに黒海がぶつけたあたりをデーモンさんに伝えたのである。ああ、今思い出しても冷や汗が出る。テレビに映っている位置だなんて、まったく忘れていたのだ。幸いにもちょうど私の前に力士が立ち、その立ち膝姿はデーモンさんにも見えず、テレビにも映らなかった。あんな行儀の悪い姿が全国に流れては、

「朝青龍の左手手刀をうるさく言う資格はないッ」

とクレームがつくこと間違いなしであったろう。

が、手を振っただけでもこれほど友人知人から反響があったのだから、テレビの恐さを再認識させられた気がする。どれほど多くの人が見ていることか。改めて、テレビの会見や取材姿は、その態度ひとつ、言葉ひとつが命取りになることを実感した。

「謝り方が悪い」

「伴侶が死んだのに、あの服装は何だ」

などとなるし、テレビカメラは小さな心理の動きまでも暴《あば》き出す。

「本気で謝っていない」

「目がせせら笑ってた」

などとも言われる。

若者たちよ、事件現場のテレビカメラにVサインなど絶対にしないことである。就職や入試の面接で、

「君、確かこの間の事故の中継で、ガールフレンドと顔寄せあってピースサイン送ってた人だね」

などと言われかねない。私が面接官ならそれだけで落とす。ワケはともかく、「お手振り」が映ったオバカな私からの、心からの忠告である。

シッシの女

二月のある日、劇団四季のミュージカル『コーラスライン』を観に行った。この日、私は一人だったのだが、帰りに出口でバッタリと女友達に出会った。

二人で、すばらしかった舞台の余韻を楽しみながら、並んで劇場の外に出ると、劇場のまん前に空車のタクシーが走ってきた。女友達が手を上げた時、この世のものとは思えないほど仏頂面《ぶっちょうづら》をした女が、

「どいて。並んでんの、私たち」

と言った。ここは「タクシー乗場」の看板もないし、まさか並んでいるとは思わなかっただけに、女友達はあわてて謝った。

「ごめんなさい。列の最後尾はどこ？」

すると、仏頂面の女は、

「どうでもいいの、そんなこと。とにかく並んでんだからどいて」

と言った。この言葉づかいだけでも驚くのに、彼女は何と「シッシ」という仕草で私たちを払い、その空車に乗りこんだ。『コーラスライン』のプログラムを手に、女二人か三人連れだった。私たちはボー然とし、やがて女友達が言った。

「こんなにいいお芝居を観た後で、あの言い草、あの仕草！　私、わかるわ。あの女、絶対に男がいないのよ。そりゃそうよ。見たでしょ？　色は黒いし、色気はないし、体は平べったいし目は三角だし、髪はパサパサだし、どんな男が近寄るっていうのよ」

わずかな時間で、ここまで見てしまう女というのも恐ろしいが、確かにそんな感じではあった。そして、女友達はさらに言った。

「これから先、男ができそうなタイプでもないし、劇団四季の美しい俳優に擬似恋愛して、淋しい一生を終えるんだわ……哀れ」

まったく、私より物語を作るのがうまいではないか。

タクシーを拾うために大通りまで歩きながら、私は言った。

「あの『シッシの女』、たぶん仕事が面白くないんだと思うわよ」

彼女は三十代半ばのＯＬに見えたが、あの雰囲気、あの態度では「男がいない」は正しいかもしれない。その状況は女をガサツにする。とは言え、好きな仕事をやっていたり、仕事に夢を持っていたりすると、「ガサツ度」はかなり低くなるものである。金銭的に恵まれていなくても、恋がなくてもだ。私がそう言うと、女友達はため息をついた。

「『コーラスライン』ってことか」

そう思う。ミュージカル『コーラスライン』は、とてもリアルな物語である。ニューヨークのブロードウェイでミュージカルの舞台に立ちたい男女の、オーディション風景が物語になっている。それも主役のオーディションではなく、「コーラスダンサー」といって、後ろで踊るダンサーを選ぶ物語である。いわば「その他大勢」だが、それに合格することさえ大変な世界であり、物語の中でも最終選考に残ったのは十七人。その中から選ばれるのは八人。誰もがダンスが好きでたまらず、いつかもっと大きな役をと夢見ている。しかし、常識的に考えれば、ブロードウェイのミュージカルスターになる夢など「無謀」である。才能も必要だし、運もいるだろう。年齢と共に踊れなくなるし、安定した仕事ではない。「一生コーラスダンサー」であっても、それはいい方で、コーラスダンサーになる夢さえ叶いにくいのである。

ところが、物語に出てくる十七人は自分の好きな、信じている道へ一途《いちず》に熱を燃やす。それは『愛した日々に悔いはない』というナンバーの歌詞が象徴的に物語っている。

「悔やまない　選んだ道がどんなに辛く　この日々が報われず過ぎ去ろうと（中略）悔やまない　好きだからこそ命燃やし　すべてを捨てて　生きた日々に　悔いはない」（作詞・エ

ドワード・クレバン　日本語詞・浅利慶太、新庄哲夫）

もしも、先の「シッシの女」にやりたい仕事があって、たとえ今はむくわれなくとも、この歌詞のような思いで生きているならば、仏頂面で、

「どいて」

と言い、「シッシ」の手つきをすることはありえない。絶対にそこまで乾くことはないと思う。この歌詞のような思いを抱いている男女は、恋がなかろうが、お金がなかろうが、幸せの中にいるのである。「シッシの女」のような態度は思い浮かぶことさえあるまい。

だが、親や教師たちからすれば、たとえばミュージカルスターなどより、もっと安全で安定したカタい仕事についてほしいと思うはずだ。私も子供がいれば、そんな大変なものは目指させない。

しかし、その一方で、目指す夢もなく「安全」と「安定」だけの、自分にとっては面白くない仕事につき、三十代半ばを迎えた時、

「私の人生、何だったのか。夢を追える人が羨ましい。安全と安定がなくても羨ましい。その人たちは人生に後悔がないだろう」

となりうる。そういう状態にあるならば、「シッシの女」になるのも当然のように思うのである。

さりとてだ。三年前、私は夢に向かって飛ぶべきか、安定を求めるべきかというテーマで『夢を叶える夢を見た』（幻冬舎）というノンフィクションを書いたのだが、その中で、いい仕事をしている七十代女性が、スパッと言っている。

「人生に後悔がなければ、それがイコールいい人生だというものではない」

目からウロコだった。確かに、夢を追う人ばかりが幸せとも言い切れない。「シッシの女」は単純に「男がいないからガサツ」と考えるのが一番ラクだと思った私である。

子供の傷

小学校低学年の女の子が、

「来月の×日は、A子ちゃんのお誕生日で、お誕生日会やるんだって」

と嬉しそうに母親に話した。そして、その誕生日の前日、母親は娘に言った。

「お誕生日会、明日ね。プレゼント買ったの？」

すると娘は泣き出した。

「私だけ、およばれしなかったの」

ずっと我慢していたであろう娘は泣きやまず、母親もどうしようもない。

「忘れなさい、もう。お母さんとお出かけしよう」

と懸命に慰めたが、幼い娘も若い母も深く傷ついてしまった。これは過去に、東京都教育相談センターに寄せられた事例である。

私は東京の大田区の小学校に通っていたが、当時すでに「お誕生日会」はあり、「およばれ」されるかどうかは大問題だった。あの頃、「お誕生日会」は主に女の子のイベントであり、男の子主催のものはあまり記憶にない。「およばれ」された女の子は、小さなプレゼントを持ち、「およそいき」の服で訪問するのである。

当時の日本は今とは比較にならないほど貧しく、まして、私は公立小学校だったので、クラスメイトの親の経済力もピンからキリ。が、どんなボロ長屋に住んでいようと、親の多くは「お誕生日会」をやった。それは今にして思えば、決して見栄ではなく、娘が仲間外れにされないようにと願う親心だった。何しろ、お誕生日会を開かない家の子は、「およばれ」されないことが多く、逆にさほど仲よしの子でなくとも、自分が「およばれ」されていれば、必ず「およばれ」を返す。そんな通俗的な慣習が、すでに子供たちの間にあった。

私は今でもそんなワンシーンをくっきりと覚えている。小学校のクラスメートのお誕生日会があり、私は四、五人で連れだって出かけた。子供にとっては大変な「非日常」であり、全員がこれ見よがしにリボンのついたプレゼントを抱え、胸を張って歩く。その時、路地に「およばれ」されなかった女の子が立っていたのである。女の子は小さな弟の手を引いて、黙って私たちを見送っていた。

もう四十数年も昔のことなのに、こうもくっきり覚えているのだから、私がその子に対して申し訳なさを感じたのだと思われようが、逆である。私たちはその子の姿を見ると、ますます胸を張り、ますますプレゼントを掲げ、ますます楽しそうに笑い声をあげながら歩き去ったのである。今になれば、あの子がどんな気持ちで小さな弟の手を引き、私たちを見送っていたかに思い至るが、子供の残酷さはストレートである。

あの路地は今も当時のままに残っており、お誕生日会の「およばれ」に関する仲間外れも、今も同じように全国的に残っているのだろう。その一方で、今は東京都教育相談センターに、子供たちから相談が来る時代でもある。

「友達が仲間外れにされているんですけど、どうしたらいいでしょうか」

むろん、これは「およばれ」に限定した話ではなく、友達が「仲間外れ」や「いじめ」に遭っているのを見ていられない子供が、思いあまって相談の電話をかけるのである。私が小学生だった頃は公的機関に子供はいなかったように思うし、逆に考えれば、今の時代は、いじめや仲間外れの質が見ていられないほど冷酷になっている、ということではなかろうか。

この東京都教育相談センターでは「幼児、児童教育相談」から「いじめ、体罰、セクハラ」や「進学、就学」「不登校」に至るまであらゆる問題を電話、メールで相談できる。経験豊かなスタッフが対応し、ケースによってはより専門的な機関を紹介したりもする。

私は先日、東京都教育委員会の視察で初めて訪れたのだが、その時、相談スタッフに質問してみた。

「他人から言われて、子供が最も傷つく言葉というのは何でしょうか」

するとたくさんの事例を手がけている相談スタッフは、言下に言い切った。

「『死ね』ですね」

これには驚いた。「死ね」という言葉は、あまりにも非現実的すぎて、それほどショックではないような気がしていたのである。まして、誰しも冗談めかして日常的に「死にてえよ」だとか「死んだ方がまし」だとか、「死ぬ」という言葉を軽く使っているだけに、「死ね」にそこまで傷つくとは衝撃だった。

しかし、それには大きな原因があり、今は自分に自信のない子がふえているという。ひとつには、周囲の評価を過剰に重視する風潮も影響しているそうだ。そういう子たちにとって、「お前なんか死ね。生きていても何の意味もない人間だからな。死ねよ」

と言われれば、この傷は深い。現実に、自殺願望の強い中高生は多く、予備軍はさらに多いだろうと聞く。スタッフは言っている。

「何のために自分は生きているのか……と子供たちに相談されます」

こんな言葉を家で聞かされる親は、これをSOSのサインとも思わず、うっとうしくて、

「そんなに死にたきゃ死になさいッ」

と言いかねないから恐い。

「およばれ」されない子が傷つくのは、自分に価値がないと思わされるせいもあろう。親も子も、困ったらプロの手をも借りてみてはどうだろう。おそらく、全国にこういう公立相談センターがあるはずである。

なお、東京都は左記。

☎03（3360）8008

http://www.e-sodan.metro.tokyo.jp

ああ、南セントレア市

私が生まれたのは、秋田市の土崎港《つちざきみなと》という町である。土地の人は「ツーザギミナド」と言うが、祖父母の家はその「ツーザギミナド」の中心部の「お休み小路《こうじ》」というところにあった。佐竹藩の休憩所があったそうで、そこからついた名前と聞く。現在は「秋田市土崎港中央一丁目～七丁目」と表記され、私が知る限りでは、その名は老人たちしか使わないようである。

私は三歳までしか秋田にいなかった分、逆に「お休み小路」という名が頭に貼りついており、「土崎港中央一丁目」などとは口に出てこない。東北大学の吉本高志総長も「ツーザギミナド」のご出身で、ある時、

「内館さんは土崎のどこで生まれたの？」

と訊かれ、ごく自然に、

「ハイ。お休み小路です」

と答えてしまった。すると総長は、
「ウワァ、懐かしい名前を言うねえ。お休み小路か。いいね、いい名前だった」
と感激して下さるではないか。これが「中央一丁目」では、何も「ツーザギミナド」でなくともどこにでもある地名で、感激も懐かしさも覚えまい。以来、私はますます「生まれはお休み小路です」と言っている。

今、「旧町名復活」の動きが各地で起きており、現実に金沢市では幾つかを復活させているというのに、愛知県美浜町と南知多町合併の新市名が「南セントレア市」になると知った時は、あきれてものも言えなかった。住民が「こんな名前、冗談じゃない」と立ち上がり、投票の結果「南セントレア市」はご破算になった。住民の見識に快哉《かいさい》を叫んだ人は多かったと思う。もっとも、投票の結果、合併そのものも破綻している。

また、長野県駒ヶ根市と飯島町、中川村の新市名も「中央アルプス市」と法定合併協議会が決めていたが、これも住民投票で合併白紙になっている。

こと名前だけについて言うと、「南セントレア市」まで行ってしまうと、これはもう「暴力」である。それもセントレア（ＣＥＮＴＲＡＩＲ）は「中部」を表わす「ＣＥＮＴＲＡＬ《セントラル》」という言葉と、「空港」を表わす「ＡＩＲＰＯＲＴ《エアポート》」を合成させた造語だという。百歩譲って中部国際空港の愛称として『セントレア』を認めても、それをそのまま市名にしようというセンスは笑ってシャレにできるものではない。秋田で米も「こまち」、新幹線も「こまち」というのとは次元が違う。法定合併協議会は、何と全会一致で「南セントレア市」を決めたというから、あいた口がふさがらない。

また、「中央アルプス市」を決めた法定合併協議会は、「世界的に通じる壮大な名称」などの理由をあげたそうだが（朝日新聞、２００５年2月28日付）、何というナンセンス。「アルプス」というのはヨーロッパの地名である。東京の原宿を「日本のサン・ジェルマン・デ・プレ」とたとえるのはいいが、行政地名として、もしも「渋谷区サン・ジェルマン町」と決めたら、恥ずかしくはないか。それと同じであり、サン・ジェルマンもアルプスも、「世界的に通じる」のは本家であり、それを堂々と採決の理由にする協議会の文化意識は、どうなっているのだろう。二〇〇三年四月に誕生した「南アルプス市」の時、もっと全国的に私たちは声をあげるべきだったと思う。

今、「平成の大合併」で古い地名がどんどん消え、意味をなさない地名がふえている。「南セントレア市」などという造語はもってのほかだが、私は平仮名地名の増加も憂慮すべきことだと思っている。「さいたま市」「さぬき市」「あさぎり町」「いわき市」「えりも町」「あわら市」「びわ町」など思いつくままでもかなりある。たとえば「臨海線」と漢字で表記すれば、それだけでその鉄道が走る土地の様子がわかる。が、「りんかい線」となると、それは伝達するための音でしかなくなる。むろん、平仮名にすることで「やさしさ」や「柔らかさ」を出す狙いもあっただろう。しかし、表意文字としての漢字の深さ、豊かさを、日本人はもっと大切にしてもいい。

そしておそらく、旧町名復活の動きは、意味のある名前が一律に「東西南北と中、中央」で区切られたことへの慚愧《ざんき》の念もあろう。確かに「東西南北と中、中央」で区切ればわかりやすいが、秋田にしても「壱騎町《いっきまち》」だの「幕洗川《まくあらいかわ》」だの「御蔵町《おくらまち》」だのは、すべて「土崎港中央」だの「土崎港東」だのになってしまった。東西南北や中、中央も表意文字ではあるが、この場合は単に方角を示す文字になっている。

金沢市では「主計町《かずえまち》」や「飛梅町《とびうめちょう》」「柿木畠《かきのきばたけ》」などの町名が復活した。盛岡市は『文化地層研究会』という民間組織が行政や新聞社にも働きかけ、旧町名復活に活発に動いている。また、大分県豊後高田市、東京都台東区、福島県会津若松市でも動きがあったり、現実に復活したりしている。

「わかりやすさ」と「効率」は重要であり、旧町名をすべて復活させよというのもまた「暴力」である。だが、旧町名の意味がわかっている世代が生きているうちに、復活を考える必要があるのではないか。

盛岡市の『文化地層研究会』のチラシには、次のような文章があった。

——「葺手町《ふくで》でお茶でも飲んでいかない？」

「中ノ橋通一丁目でお茶しない？」

　あなたはどちらの会話に「盛岡」を感じるでしょう。歴史に培われた旧い街の名は、それだけで一つのブランドなのだということを感じませんか？——

東北大相撲部の監督です

私が東北大学の相撲部監督になったことが、かくも新聞やテレビで報道されるとは、もう夢にも思わなかった。それは私だけではなく、相撲部員全員（といっても四人しかいないんだけど……）も、ボー然とするほど驚いているのである。

ことの起こりは二月初旬、相撲部の金丸謙一郎監督が、

「内館さん、折り入って話があるんだ……」

と言う。彼は大学院のクラスメートで、卒業が決まっていた。その日、仙台は粉雪が舞っており、私は若き金丸監督と並んで、ロマンチックな夕暮れの道を歩いたわけである。すると、彼は用件を明かす前に、

「OKしてほしいんだ」

と言う。これはどう考えても「告白」のパターンではないか。困ったわ、三十歳も年下ってどうよ……と思っていると、

「相撲部監督をやってくれないかな。部員も熱望していて、俺に頼んできたんだよ。監督がイヤなら、スーパーバイザーでもいい」

と言う。何だ、相撲ですか……。まったく、私の行くところ行くところ、どうしてこう相撲がついて回るんだ。しかし私は、この一年は修士論文に没頭すると誓っている。とても監督なんてできるわけがない。

が、金丸監督の次の一言が、心にしみ入った。

「うちはね、大きな大会に出ると、開会式前に試合をやらされるんだ」

涙なくしては聞けない話に、彼はつけ加えた。

「そういう弱小大学の試合前に、開始式っていうのがあるんだけどね」

この状況で熱望されて断っちゃ、女がすたる。

「わかった。やる。スーパーバイザーなんてわけわかんない役より、監督やる」

そう、四人しかいなくてもれっきとした学友会、つまり体育会である。そこの監督ということは、日大相撲部監督や明大相撲部監督と同列の私なのだ！　同列でないのは部員の力だけである。私はすぐに落合真土香《まどか》主将に、昨年の戦績一覧表を提出してもらった。

ああ、そこには一行目から「Cクラス団体一回戦敗退」だの「団体最下位」だのと書かれており、朝青龍にもガンを飛ばす強心臓の私なのに、クラクラとめまいがしてきた。やはり日大や明大監督と同列になった気でいてはいけない。

落合主将に確認したところ、「Cクラス」が開会式前に試合を終了させられるのだという。何という扱い！ こういう差別って大好きよ。燃えるわ。それより腹が立ったのは「全国国公立大学対抗相撲大会」で、東北大が団体最下位ということだ。まったく、東大なんぞにも勝てないのかッ！ すると、落合主将いわく、

「東大と防衛大は強豪国立でBクラスなんです」

やるもんだなァ、東大。もっとも、東大相撲部の新田一郎部長は、相撲史家としてもすばらしい仕事をされており、修士論文に青息吐息の私にとって雲の上の人である。

実態を知るにつれ、どんどん謙虚になった私は、何年かかろうと次の三つに取り組もうと決めた。
1．部員数を二ケタに。
2．Cクラス脱出（開会式後に試合をするのだ！）。
3．東北大に土俵を作る。
部員がふえ、いい稽古をすれば、Cクラス脱出も可能だろう。今は部室も土俵もないが、東大や防衛大と並べば、土俵を作ってもらうよう動くこともできる。

私は落合主将とやりとりしながら、「せめて、東北大に相撲部があるということだけでも、

世間の人に知ってもらおう」と思った。そこで、読売新聞宮城版の連載エッセイに書いた。「体がデカい子も小さい子も、ぜひ東北大相撲部に！　私が監督です」と、もうがぶり寄りのPRである。

すると、エッセイ原稿を読んだ女性記者が連絡をくれ、その記者魂にあふれる言葉には感服した。

「これ、記事になる話です。エッセイより先に、うちの紙面で出しますから、お話を聞かせて下さい。まだどこにも出てないですよね」

出るも出ないも、こんな話が記事になるわけがなかろう。Cクラスよ。部員四人よ。でも、宮城版に出れば、東北大生が読んで入部するかもしれないと思い、合掌したくなった。

そして、記事が出る前夜、横綱審議委員会があり、終了後の会食の席で、私は北の湖理事長に質問した。

「どうやったら、東北大は強くなるでしょうか」

後で友人たちがあきれて、

「四人しかいない上に、開会式前に試合させられてるのに、よく天下の北の湖に、それも理事長に聞けるよなァ」

と言ったが、理事長は、

「強くなるには、よき指導者。これにつきます」

と真摯《しんし》に答えて下さった。むろん、私は指導は全然できないし、ここは理事長にもうひとつ伺ってみた。

「では、仙台出身の五城楼《ごじょうろう》関に東北大と東北学院大の稽古を時々見て頂くなんて、無理でしょうか」

プロ力士が学生を教えていいのかどうか、誰もハッキリしたことはわからなかったが、大学に限らず、全国の小中高に郷土力士が教えに行けば、少しずつでも相撲部がふえ、相撲人口がふえるのではないだろうか。

そして翌日、読売の記事は宮城版ではなく、何と全国版に載った。これには仰天したが、その後で各紙がこぞって書いてくれて、私の自宅には友人知人から「祝・監督就任」の花やら祝電やらが引きも切らず、雑誌取材やテレビのドキュメンタリー企画まで持ちこまれ、さらに仰天した。

ありがたいが、今は部員をふやし、地道に稽古だけに励まないと、いつまでたっても東大に勝てない。私は叱咤激励用の発声練習をしておくつもりだ。

意地悪盛り

先日、新聞のコラムを読んでいて、「ああ、こういうことってあったなァ」とＯＬ時代にトリップし、胸が痛くなった。

そのコラムは、朝日新聞の『職場けいじばん』という連載で、全国の人々が職場関係の悩みを訴え、読者たちがそれに回答するというものである。

私はその三月十一日に掲載された悩みと回答に、つい昔を思い出して胸がつまったのだが、次のような質問であった。

〇

職場に、人との会話の輪にすぐに入ってくる同僚がいます。いつの間にかそばにいて、誰かの面白い話に笑ったり、相づちを打ったり。「絶対詳しく知らないはずだ」と思うことにもうなずきます。私はその人とは話しているつもりはないんです。どうすればいいでしょう。

（山形県　会社員　女性　30歳）

○

会話の輪に入ってくる人はずっと昔からいて、IT時代になっても、人間のやることは変わらないものだと、感慨さえ覚える。

私が会社勤めをしていた時も、こういう人たちはいた。主に女たちであり、会話に入り込む男は記憶にない。ただ、女子社員から情報を集めようとして、会話に加わってくる男はいた。ほとんどが「人事管理」セクションのエリートたちで、昼休みに一緒にお菓子を食べたり、お茶を飲んだりしながら、目が笑っていない。むろん、OLたちは情報になるような話はせず、

「今日から四月ね」

「うん。来月は五月ね」

「その次は六月ね」

などと言い、陰で、

「あいつ、会社の犬」

とせせら笑っていた。女子社員をあなどってはいけないのである。

問題はこういう男ではなく、会話の輪に入りたがる女たちである。質問者と同様に、私もそれはとてもイヤだったが、彼女たちは大きく二つに分けられる。

ひとつは「自分に自信がなく、仲間外れになりたくない女」である。これは年齢に関係ない。

もうひとつは「若々しくて、話がわかると思われたい女」である。これは四十代後半以上の女たちに多い。

私が実体験した限りにおいては、この二通りがあったのだが、こういう女たちが会話の輪に入るのは、しょせん無理なのである。つまり、女子社員の中核を成しているのは、シレッと「四月の次は五月ねえ」と言い、裏では「あいつ、会社の犬」などと吐き捨てるような、あなどれない年代の女たちである。それは今回の新聞への質問者と重なるが、主に三十代であり、言うなれば「意地悪盛り」だ。

こういう女たちが話している中に、自信のない女がどうやって入り込めるというのか。中高年の女がどうやって「若々しくてステキな人！」と思わせられるというのか。ハッキリ言って無理である。そんな意地悪盛りの女どもにオベンチャラを使うのは、人生の無駄遣いというものである。

しかし、哀れなことに、二通りの女たちは必死になってしまうのだ。意地悪盛りの女どもに認められたところでナンボのものでもないのに、必死になる。質問者が書いているように、よく知らないことにもオーバーに相づちを打つ。キャアキャアキャアと笑う。切ないほど昔から同じである。

たとえば過去に、三十代の私たちは、よく洋服の話で盛りあがった。私の会社は横浜にあったので、元町チャーミングセールは関心事のひとつだった。

「MIHAMAの靴、早く行かないとなくなるよ」

「でも私、先にフクゾーでトレーナー買いたい。ピンク色の、手に入らないし」

「ピンクがセールに出るわけないじゃん」

こういう話に、中高年が割り込んでくる。MIHAMAもフクゾーもピンクも知っちゃいない女が、

「えーッ、アタシもピンク買いたーい。あれ、可愛いよねー」

なんぞとぬかし、

「MIHAMAの靴、ダーイ好き。年甲斐もないって言われるけど、アタシって好奇心強いからァ」

なんぞとほざくのだ。こっちは真剣に「バーゲン攻略法」を語りあっている時に、MIHAMAが靴屋かどうかも知らぬ中高年が割って入ってくるのだから、迷惑千万。

大体、自分から自分のことを「好奇心が強い」と言う女にろくな者はいない。……と私は思っている。こういう場合、意地悪盛りの私たちは、その中高年に言うわけだ。

「××さんは若いから、ＭＩＨＡＭＡより、Ｋａｙｏの靴が似合いますよォ」

　Ｋａｙｏは靴屋ではないのに、中高年は、

「とーっくにＫａｙｏの靴、はいてるわよォ。アタシって若い人と同じで、よく遊んでるからァ」

　と言ったりする。

　自分から自分のことを「遊んでる」と言う女にろくな者はいない。……と私は思っている。

　今回の『職場けいじばん』の回答者たちも、私の時代と変わらない意地悪を答えている以上、今もこうなのだ。今もこうやってバカにしているということだ。さりとて「バカにするのはやめましょう」はきれいごとすぎる。会話に入られる不快感は、本当に大きい。

　となれば、答えはひとつ。会話に入る側が、絶対に入らないと心することに尽きる。そこまでバカにされて媚《こび》を売る必要はない。私は自分が意地悪盛りに、さんざんやってきたので、自分が中高年になってからは基本的に若い人には近づかない。今さら彼らの仲間に割り込むより、世の中にはもっと面白いことがたくさんある。

『汚れた舌』のヒント

私が脚本を書いているドラマ『汚《けが》れた舌』が、TBS系でスタートした。毎週木曜日の夜十時からだが、何しろタイトルがすごいせいか、たくさんの雑誌や新聞から取材依頼を頂いた。その中で必ずといっていいほど質問されるのが、

「いつも、何から発想するんですか？」

というもので、つまりは「発想のネタ元」である。私が東北大の大学院生になった時、

「絶対に、ドラマのネタ探しのために行くんだよ」

「若い人に混じって、いい話を探す気なのよ」

と言う人が結構いたらしいが、それは邪推というものである。誰がネタ探しのために受験勉強して、二年以上も仕事を休み、仙台で暮らし、学期末には受講科目の数だけレポートを出して……なんてするものか。

そんな暮らしを決心させたのは、ただただ大相撲のためである。「男女共同参画」の風に

便乗して土俵にあがりたがる女性政治家や女性知事に引導を渡すために、私は何としても
「相撲という神事」を研究して、理論武装しておきたかった。誰に頼まれたわけでもないのに、実にもってご苦労な話だと自分でも思う。

ところが、今回の『汚れた舌』というドラマは、これは確かに東北大に行ったお陰で、二つの大きなヒントをもらった。

ひとつは、新聞記事である。その頃、私は修士論文の調査研究のためもあって、盛岡でホテル暮らしをし、仙台に新幹線通学していた。駅で新聞を買い、車内で読むのが朝夕の日課だった。その記事が載った新聞が手許にないのだが、昨年十一月頃の『岩手日報』か『河北新報』か、全国紙の岩手版か宮城版。いずれにせよ、東北にいればこそ目にできた記事である。

それは六十代だったか七十代だったかの、独身女性の話だった。彼女は山里の村に一人で住んでいたが、世話好きで、栄養に関する知識などを伝え、村人の人気者だった。そんな彼女のたったひとつの楽しみは、遠くに住む弟を定期的に訪ね、泊まりがけで遊んでくることだったと村人たちは口をそろえる。

そしてある日、彼女は亡くなった。たった一人の肉親として、弟を探し出したところ、彼は答えた。

「もう何十年も姉には会っていない。来たことなんか一度もありません」

新聞記事は、「彼女が亡くなった今、定期的にどこに行っていたのかは謎のままである」と結ばれていた。

ミステリアスで、ものすごく刺激的な記事だった。亡くなった本人の写真も出ていたが、「肝っ玉母さん」という雰囲気で、男がいたとは思い難い。だから謎めいている。おそらく、村人はそんなタイプであればこそ、疑うこともなかったのではないか。

私はこの記事を読んだ時「これだ！」と思った。

「ヒロインにはどこか地方の大学で公開講座を受けていると嘘をつかせよう。仕事一筋の女だから、みんなだまされる。でも実は、その地方に住む男と逢瀬《おうせ》を重ねている。そうすると、謎めいてくるわ。それがバレると、次から次へと嘘の上塗りをするわけよ」

ドラマでは初回にこの嘘がバレて、ヒロインは嘘にがんじがらめになっていく。

私はこの新聞記事を読むまでは、ヒロインも男も東京に住まわせて、日常的な恋模様にする気でいた。が、この小さな、東北発のコラムにより、登場人物の設定や状況がにわかに動き出した。第一回目の放送を見た人たちの多くが、

「今までのあなたのものと全然においが違う。恐い話ね」

と言ったが、私にとって初めてのサスペンス調だからであろう。それは、件《くだん》の記事にヒン

トを得て生まれた設定に他ならない。

もうひとつの大きなヒントは、大学の「キリスト教史」の講義でもらった。これは聖書をテキストにして、キリスト教の歴史を学ぶものである。そんなある日、新約聖書の「ヤコブの手紙」についての講義があった。その時、聖書の中に次の一文を目にした。

「舌は火です。舌は『不義の世界』です。（中略）舌を制御できる人は一人もいません。舌は、疲れを知らない悪で、死をもたらす毒に満ちています。わたしたちは舌で、父である主を賛美し、また、舌で、神にかたどって造られた人間を呪います。同じ口から賛美と呪いが出て来るのです」（『聖書』日本聖書協会　新共同訳第3版）

これを読んだ瞬間、本当にその瞬間に、『汚れた舌』というタイトルが浮かんでいた。ドラマでは、放送の冒頭に「舌は火　舌は不義　舌は疲れを知らない悪」と文字が出るが、これは「ヤコブの手紙」から取っているのである。

私は放課後、東北大図書館に入り浸って、「舌」に関して調べてみた。仏教上の十悪の中にも、舌に関しては「嘘をつく」「悪口を言う」などがあり、調べれば調べるほど面白い。私は舌における「悪」を、登場人物全員に当てはめようと考えた。嘘つきの者、二枚舌の者、舌の剣で他人を傷つける者、今回の登場人物は誰一人として「安心できる善人」ではない。だが、現実社会の私たちは、多かれ少なかれ「舌の悪」をみんなが持っているはずである。

その意味では「安心できる善人」ではない登場人物たちは、等身大と言えまいか。

ともあれ、東北大での暮らしが、私にヒントをもたらしたことは間違いない。そして、この『汚れた舌』が脱稿したら、私は再び大学院中心の生活に戻る。修士論文を仕上げないと、「大言壮語の汚れた舌」って言われちゃうから。

灯籠顔……？

ある晩、女友達から電話があり、切羽つまった声で言った。

「大至急、相撲のこと教えて。今、横綱は朝青龍と武蔵丸よね。大関は誰？　トチヒガシ？」

いくら友達でも、こういう人に相撲を教えるほど、私は心優しくない。何がトチヒガシだ。栃東はトチアズマと読むのよッ。それに武蔵丸はとっくに引退したわよッ。顔洗って出直して来いッ！

そう言おうとするより前に、彼女はのたまった。

「明日、大切なクライアントと食事するんだけど、ものすごい相撲ファンなんだって。今時、相撲なんか好きな人がいるのかと、あきれちゃったけどサ」

ほう、言ってくれるじゃないか、トチヒガシ。こんな無礼者になんか、何ひとつ教えてやるもんかと思っていると、彼女は大真面目に言った。

「そのクライアントがね、あなたと私が友達だと知ったら驚いちゃったの。やっぱり、相撲ファンにとって、あなたがやってる横綱審査員って、すごい重みがあるのね」

頼むよ、トチヒガシ〜。「審議委員」って言ってよ。「審査員」はのど自慢でしょうが。

するとと彼女は、

「そんなもン、どこが違うのよ。いいから相撲のこと教えてよ。あなたと友達だってだけで、クライアントは私も相撲に詳しいに違いないって、勝手に思いこんじゃったのよ。あわてて、『私は全然知らないんです』って言ったものの、やっぱり常識程度には語れないとまずいと思って」

当たり前だよ、トチヒガシ。今時、横綱武蔵丸だの横綱審査員だのと言って、世間を渡れると思っちゃいけないよ。

ということで、私は電話で「常識程度」を教えたのだが、つくづく大変だった。だって、平気で言うの。

「一番偉いのは横綱で、次が大関よね。三番目に偉いのってオムスビ？」

血を見るぞ、まったく。「オムスビ」は握り飯でしょうが。コムスビって言うのよッ。

こうして、何とか十両までの番付を覚えさせたところ、またも平気で言うの。

「ということは、十両選手と横綱の試合はありえないのね。試合の組み合わせは誰が決めるの？　土俵のまわりに和服姿の係員が座ってるけど、あの人たちが決めるの？」

ハイハイ、これを正しい「相撲用語」に直しますから、比べてみましょうね。

「ということは、十両力士と横綱の取組はありえないのね？　割《わり》は誰が決めるの？　土俵下の勝負審判が決めるの？」

と、こうなるのよ、トチヒガシ。このレベルの女に、電話で必死に「常識程度」をレクチャーする私は、何と気が長くて友情に厚いんだろう。

ともかく、翌日、彼女は好角家のクライアントと夕食を共にしたわけであるが、夜遅く、電話が来た。

「ねえ、朝青龍って灯籠《とうろう》みたいな顔してないよねえ」

私は訊き直した。

「灯籠って、石灯籠とかの？　神社やお寺に並んでたりするあれ？」

「そう。クライアントが灯籠顔だって何回も言うの。私、朝青龍の顔知ってるけど、四角い灯籠顔じゃないよねえ」

「うん、違う。クライアントは何か別のこと言ったのに、あなたが聞き違えたんじゃないの？」

「ううん、ハッキリと何回も言った。灯籠顔の朝青龍は強大だって」

私はその時、突然ひらめいたのだ。で、大声で彼女に言った。

「灯籠じゃなくて、蟷螂《とうろう》よッ、それ」

電話で聞けば、どちらも「トウロウ」なので、彼女はバカにされたと思ったらしく、ムッとした。

「どういうことよ」

「だから、カマキリのことよ。蟷螂」

「え？　朝青龍ってカマキリ顔じゃないわよ」

「違うの、違うの。顔じゃなくて『蟷螂の斧《おの》』よ。いろはカルタよ」

「あーッ!!　それだーッ」

彼女は叫んで大笑いし、しばらく言葉が出なかった。そして、やっと言った。

「今時、日常会話に『蟷螂が斧』なんて出されてもわかんないよねえ。私たちはたまたま知ってたけど」

これがもう、恥ずかしいほど「たまたま」で、私は『いろはカルタ辞典』（時田昌瑞著・岩波書店）を読み終えたばかりで、とても面白かったので、彼女に推《すす》めていたのである。

「辞典」とはいえ、写真が多くてすごく楽しい。で、彼女も買って読んだところだったのだ。

この「蟷螂が斧」は、「犬も歩けば棒に当たる」や「論より証拠」などと同じに、いろはカルタの諺《ことわざ》のひとつである。読んだばかりなのでよく覚えているのだが、蟷螂つまりカマキリの前脚は、斧のような形をしている。その細い脚は非力なわけで、自分の力量や分をわきまえず、強いものに向かう無謀さのたとえである。クライアントは朝青龍本人のことではなく、朝青龍に挑む力士たちのことを言ったはずだ。

彼女はまだ笑いながら、

「そう言えばそうよね。私はもう『常識程度』の相撲知識を頭の中で復習するのに精一杯で、灯籠顔の主語にまで頭が回らなかったわよ」

その夜、私たちは電話で反省したのである。日本の深く豊かな文化をもっと学ばねばならぬと。相撲、いろはカルタ、歌舞伎、落語、講談、小唄、源氏物語に和歌、俳句……。自国の文化を知らなすぎる。

「思い立った今から、勉強しなきゃね。『善は急げ』よ」

そう、「とかく浮世は色と酒」に流されるからね。

真夜中のひじき

以前、私は『食べるのが好き　飲むのも好き　料理は嫌い』という本を出した。これは私の現実だが、読者から頂く手紙の大半が「美しい誤解」をしている。

「内館さんが本当は料理好きだとよくわかります。照れてるんですね」

「実はよくお料理をなさっていることが、写真や文章から伝わってきます」

などと、こうなのだ。

そんなある深夜、女友達のトミちゃんから電話がきた。彼女は月刊誌『Ｃｏｌｏｒｆｕｌ』の編集長で、もうメチャクチャに忙しいのに、ちゃんと料理をする上にものすごく上手。

私は時々、彼女の自宅に遊びに行くが、いつ行ってもおいしいものを何品も作って並べてくれる。彼女が私の家に来た時は、私が作るしかないので作るが、常に秋田のキリタンポ鍋である。大きな土鍋に、市販のキリタンポと市販の出し汁を入れ、野菜と比内鶏をぶちこみ、

「アタシの故郷、秋田のキリタンポ鍋にしたわ」

と言えば、猛暑だろうが、残暑だろうが鍋料理を出す立派な理由になるわけで、つくづく故郷が「鍋どころ」で助かっている。

その料理上手のトミちゃんが、深夜の電話で何気なく言った。

「今日はひじきをたくさん煮たの。大豆と油揚げをたっぷり入れて」

それを聞き、私は猛然とひじきの煮たのが食べたくなった。が、一度も作ったことがない。それなのに、うちの台所にはひじきがある。先だって、青森の大間の知人が送ってくれた。その上、大豆もある。因島に住む女友達が「豆まき用」として送ってくれた。それに何と油揚げまである。先だって遊びに来た女友達が忘れて行き、冷凍庫に突っこんである。こんなに食材がそろっているなんて、うちの台所にとっては奇跡としか言いようがない。

かくして真夜中、トミちゃんからファックスされてきたレシピを手に、私はエプロンをしめ、台所に立ったのである。しかし、この夜は結局作ることができなかった。レシピの調味料が、「砂糖少々、ミリン少々、日本酒少々」となっている。しかし、うちにあるのは日本酒だけというテイタラク。砂糖はコーヒーシュガーしかないというオソマツ。それに何よりも、乾燥大豆はひと晩、水に漬けないと柔らかくならない。

そして翌日、私は調味料をそろえ、大豆もふっくらと戻った真夜中、レシピと首っ引きで「ひじきの炒め煮」を作ったのである。

ハッキリ言って、私にはすごく料理の才能があった。初めて認識した。私の作ったひじきのおいしいことと言ったら、もう一流料亭だって負けるだろう。もっとも女友達に、

「一流料亭って、ひじきと油揚げの煮たのなんか出すの？」

と想定外の質問をされた。

ともあれ、私は隠れていた「料理の才能」を生かそうと、ひじき以外のものも作ってみることにした。さりとて、うちには料理の本なんぞ一冊もない。何ぶんにも我が才能に気づいたばかりなので、本を見ないと作れない。

その時、ソファの上に読みかけの週刊誌『女性セブン』があるのに気づいた。「もしや……」と開くと、案の定、料理のレシピが載っている。私はその中に出ていた「ひじきたっぷりおやき」を作った。またもや真夜中のひじきである。

これはお勧めなので、お試し頂きたい。©は『女性セブン』だが、私の工夫を加え、レシピは次の通り。

①おから100gをフライパンで五分ほど乾煎《からい》り。

②ひじき10gを水で戻し、ネギをたっぷりめに小口切りする。（万能ネギでもいいが、長ネギの方が味に迫力が出る）

③卵一個をほぐし、薄力粉2／3カップ、水1／2カップを加える。

④①のおから、②、そして桜えび30ｇを③に入れて混ぜ、塩少々、醬油大さじ2で味つけする（桜えびは多いほどおいしい）。
⑤④を適当な大きさに丸める。（私は「薄べったいコロッケ」状にしている）
⑥フライパンにサラダ油少量を熱し、⑤を両面に焼き色がつくよう焼く。
⑦焼き色がついたら、水を少量加え、ふたをして蒸し焼きにする。
⑧仕上げにごま油を少々回しかけ、強火にして表面をパリッとさせる。
『女性セブン』のレシピには、これを辛子《からし》醬油で食べると書いてあったが、ワサビ醬油でもいいし、ラー油＋醬油もいい。ゴマ油をかけないで、ケチャップとウスターソースを混ぜて熱したものをからめてもいい。

　で、この「ひじきたっぷりおやき」がおいしいかというと、まァ何というべきか……そんなでもない。モクモクした食感で、垢抜けない味だ。ただ、桜えびと長ネギをたくさん入れると、かなりマシになる。

　なのに、私がよくこれを作り、友達にも勧めたのは、いわゆる「腹もち」がいいからである。コロッケ一個を食べるよりずっと満腹感があり、それが持続する。ひじきとおからなのできっと、カロリーも高くないだろう。「間食断ち」に四苦八苦している女友達は、

「お腹がふくらんで、お菓子を食べなくなって二キロやせた」

と大喜びである。願わくば「モクモクして垢抜けない味」がもう少しおいしくなるよう、料理の才能にめざめた私は工夫しなければならない。とはいえ、大相撲五月場所が近づくにつれ、どんどん「料理の才能」にあきてきた。トミちゃんに工夫を頼んで私は相撲を見ている方がいいと、これは想定内の結末である。

入学式の衝撃

衝撃を受けた。

この四月、某都立高校の入学式に出席した際のことだ。式はその高校の体育館で行われ、私は他の来賓《らいひん》と舞台上にいた。

やがて校長が舞台中央に進み出ると、舞台下に並ぶ各クラス担任が、新入生の名前を呼びあげた。新入生二百余名は舞台下に座っており、名を呼ばれると返事をして立つ。どこの入学式でも昔から行われているはずで、全員の名を呼び終えると、壇上の校長が、

「以上、二百名の入学を許可する」

と宣言するセレモニーだ。

何が衝撃だったかと言うと、私が出席した高校の新入生たちの多くは、返事をしないのである。担任が、

「山田太郎」

と呼ぶと、無言でヌーッと立つ。次々に名前を呼ばれ、次々に無言でヌーッと立つ。男子生徒も女子生徒もだ。たまに返事があると、こちらがホッとするしまつ。他の来賓もあきれていたが、二百余名の新入生のうち、返事が壇上に届いた人数は、多く見積もっても１／４程度。その返事は、本来の、

「ハイ」

だけではなく、気だるく、

「……ハーイ……」

も、すべて含めてだ。とにかく、二百余名のうちの五十名から六十名程度しか、返事をしなかったのである。

私はこの時、初めて、

「親の顔が見たい」

という言葉を実感した。そして、体育館の後方に居並ぶ親たちを見た。彼らは、返事もできない息子や娘を、喜々としてデジカメで撮影していた。

式典で名前を呼ばれたら「ハイ」と返事をすべしという作法は、高校入学前に、身につけておくべきものである。おそらく、幼稚園入園前に親が躾けるべきことのひとつであろう。

当然ながら、今回の件は、高校には何ひとつ落度はない。が、敢《あ》えて言うなら、クラス担任

の一人くらいは、名前の呼び上げを一時やめて、

「返事は大きな声で、ハッキリとするように」

と注意することは可能だったろう。どのクラスも、返事をしない生徒の方が多いのだから、居並ぶ担任の一人くらいは注意してもよかった。もしもそうすれば、校長も用意してきた挨拶文を読みあげるのではなく、担任の注意を受けた内容で語ることもありえただろう。

むろん、高校の入学式は人生において一度きりの、厳粛で晴れがましい式典である。教師サイドに「返事の有無で注意したりして、思い出を汚したくない」という配慮があったとしても不思議はないし、気持ちはわかる。だが、名前を呼ばれても無言で、ヌーッと立つという生徒サイドに、「厳粛」も「晴れがましさ」も感じにくい。校長はモーニングの礼装で起立しているのである。それに対して最低限の礼節もわきまえていないのだから、「思い出作り」なんぞの甘っちょろい「配慮」より「一喝」すべきである。

おそらく、生徒の中には、

「ちゃんと返事したのに壇上に届いてないだけ」

という反論もあろう。しかし、相撲協会の相撲教習所では、教官の大山親方が徹底して言い続けている。

「挨拶、返事というものは、相手に届かなかったら、したことにならん！」

私はまったくその通りだと思う。これもおそらく、

「たとえ相手に届かなくたって、心の中で秘かに感謝したり挨拶したり、そういう美しさもあるわ」

と言う人がいる。その美しさはまた別の話なので、今は問題外である。

この衝撃的な入学式を目のあたりにし、私はつくづく「過去の後遺症」だと思った。過去には、たとえば「礼節」「道徳」「規律」「敬意」などという単語を口にするだけで、危険思想の持ち主という目で見られる時期があった。そういう目で見る人たちの少なからずは「個人の自由」「子供の自主性」「人間みな平等」を錦の御旗として振りかざした。自由も自主性も平等も正しいことだが、すべてに当てはめるわけにはいかない。

私はある時、公立中学の女性教師が、

「敬語は差別です。大人も子供も教師も生徒も、社長も新入社員もみんな同じ人間です。『目上の人』という言葉も差別です」

と言うのを聞いたことがある。私が、

「でも、『教えを授ける人』と『教えてもらう人』の間には、立場の違いがありますよね。年長者への敬意やいたわりというのも、教えるべきことでしょう。老人には席を譲るという

レベルのことから」

と言うと、彼女は、

「いえ、差別です！　差別なんです。同じ人間です」

と叫ぶだけで、全然話が成立しなかった。

人間は平等である。これを大前提として教えた上で人間としてなすべき礼儀や作法を、家庭で躾けることのどこが「差別」なのか。ある時期、こういう親や教師が今よりは多かったのではないか。「躾」という言葉には「子供は犬や猫ではない」と怒ったり、過剰に自主性や自由を尊重したり、「ガツンと一喝」を短絡的に「暴力」と直結させたり、そういう時期の後遺症が出ている気がする。

返事のできない我が子を喜々としてデジカメで撮っている親がすべてそういう考え方だとは思わないが、どんな理由にせよ、家庭での躾を怠った後遺症であることは否定できない。

ただ、他校の入学式に出席した東京都教育委員たちは、口をそろえて、

「みんな、きちんとしていい返事をしてましたよ」

と言っており、ちゃんとした子供たちもたくさんいることは救いであった。

あとがき

私は今も『週刊朝日』に「暖簾にひじ鉄」というエッセイを連載している。

本書は、その二〇〇四年二月から二〇〇五年六月までに書いたものをまとめた一冊である。どうして十年も前のものを今頃……と思われる方々もあろう。

二〇〇四年から今に至る十年間は、私にとって思いもせぬことの連続だった。突然、東北大の大学院を受験し、合格するや仙台に拠点を移した。仕事は三年間休み、ひたすら大学院生の日々だった。修士論文にかかりながら、東北大相撲部監督まで引き受けた。さらに思ってもみない最大のできごとは、大学院を出て再び仕事を始めた中で、急性の心臓病で倒れたことだった。

生死の境をさまよって生還し、奇跡と驚かれたものの、元の生活をするには時間がかかった。そして今、どうにか元の生活に戻ることができたのである。

この「激変の十年」ともいえる時期には、エッセイを定期的に一冊にまとめる余裕もなかったのだ。

時間がたっただけに、この十年間のものはまとめなくていいと、私は考えていた。ところが、すべてを読んだ編集者の篠原一朗さんが「まったく古くなっていないし、今読むから面白い発見や共感もある。絶対に出版しましょう」と言う。

私は校正のために十年ぶりに読み返し、自分で言うのもナンだが、篠原さんの言う通りだと思った。そして、何よりも驚かされたのが、十年前の私と現在の私では、文章が変わっていることだった。これは年齢によるものなのか、経験によるものなのか、あるいは別の理由なのかわからない。ただ、ハッキリとわかったのは、このタッチは今の私には書けないということである。

そして、読み返しながら身にしみたのは、何と多くの人と会い、多くの人の世話になり、多くの人と一緒に生きてきたことかという事実である。

世間でよく言われる「人は一人では生きられない」という言葉を、私は好まない。いや、言葉はいいのだが、それを得々と口にし、説教を垂れる人を好まない。このいい言葉にどんどん手垢がつき、力がなくなる気がしてならない。

だが、十年たって読み返してみて、手垢がつこうが何だろうが、「ああ、人と一緒に生きてきたなァ。人は一人では生きられないなァ」と実感させられた。

人は誰しも、過ぎ去って久しい日々を思い出してみることが必要かもしれない。その時の自分を、その時の周囲の人々を、その時に考えていたこと等々を、思い出してみることは悪くない。日記や手帳があれば、開いてみてはいかがだろう。

それは決して後ろ向きなことではなく、自分を心優しくし、他人の存在がありがたくなり、力がわいてくることだ。私が十年前の自分の文章を読んで、「今の私には書けないな」と思ったように、誰しもきっと、「今の私にはできないな」と思うことが出てくるのではないか。それは間違いなく、「今を面白がって、今を存分に生きよう」という決意につながるように思う。そしてそれは、意地悪盛りをふと柔らげ、男盛り、女盛りを豊かにしてくれるのではないか。

二〇一四年三月
東京・赤坂の仕事場にて
内館　牧子

なお、十年前の雰囲気を残すため、登場する方々の肩書きや年齢、また社会状況や風俗をはじめ、すべてそのままにして、文章も「てにをは」以外はほとんど手を入れずにおきました。